KB154476

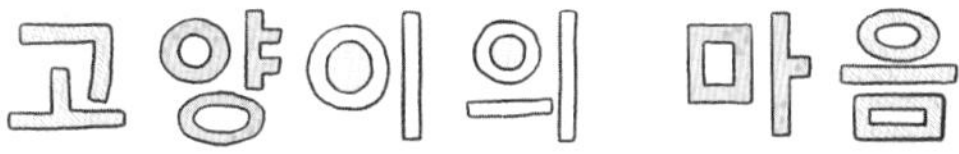

고양이의 마음

김나무 X 마이클 월린

좋은생각

나무

서울이 좋은 시골쥐.
지구력이 부족하지만 다행히 순발력이
좋아서 잘 살아가고 있다.
화도 많이 내고 실망도 자주 하고
평범하게 친절한 사람.

마이클

뿌리를 찾아 한국에 온 지 10년 째
지구력을 똘똘 뭉쳐 만든 사람.
표정 변화가 없어 시니컬해 보이지만
섣불리 실망하거나 화내지도 않는다.
「마이클식당」을 운영하고 있다.

청이

(4세)

동네 고양이 4년, 이제 집고양이 반년 차. 길에서 살던 아기 때부터 김나무(현재 집사) 어머니의 보살핌을 받았다. 동네 고양이 시절 워낙 사람을 좋아하고 야생성이 부족해 캣맘들의 걱정 속에 보살핌을 받다가 나무와 마이클을 만났다. 심한 구내염으로 발치를 해서 이가 없지만 상관하지 않는다. 태평하고 낙천적이며 사교성 만렙이다.

하기

(7세)

동네 고양이 3년, 이제 집고양이 4년 차. 동네 고양이 3년 차 때 오랜 시간 지켜본 후에 김나무를 집사로 간택했다. 시크한 표정과 그렇지 못한 애정어린 태도로 많은 인간들의 마음을 빼앗고 있다. 신중하고 영리하다.

프롤로그

가족이야

Contents

하기와 청이

나무와 마이콜

요리는 사랑

* 일러두기
만화 특유의 재미를 위해 일부 내용 중의 맞춤법은 저자의 표기를 따랐습니다.

하기와 청이

가족의 탄생 I

글. 김나무

하기는 6년 전, 내가 짜이를 팔던 작은 찻집에 매일 밥을 얻어먹으러 찾아오던 동네 고양이였다. 서울 사람이 아닌 나는 서울에서 지내기 위해 남의 집을 빌려 살았고 남의 건물 몇 뼘을 빌려다가 장사를 했다. 그리고 고양이 사료를 사서 서울 고양이들에게 나눠 주었다.

서울 고양이 하기는 막 새끼를 낳은 엄마 고양이였고 대단히 까칠해서 마주치기만 해도 성질을 냈다. 그래서 '하악이'라는 이름을 지어 주었는데 당시 한국말이 지금만큼 능숙하지 않던 마이클이 '하기야 하기야' 하고 부르니까 나도 따라서 '하기야' 하고 부르게 되었다.

가게에서는 내가 사장이었지만 건물 내에서 동네 고양이

들을 보살필 때에는 일개 세입자일 뿐이었다. 윗집 건물주 할머니가 하기와 아기 고양이들을 무서워하셨기 때문에 늘 눈치를 보며 하기를 먹였다. 이웃과 무탈하게 지내고 싶었다.

그리고 몇 달 후 하기의 아기 고양이들이 사라졌다. 나는 가슴이 너무 아파서 어째서 소방관들이 아기 고양이들을 데려가는지, 데려간 고양이들은 어떻게 되는지 알아볼 시도조차 할 수 없었다. 윗집 할머니가 머쓱한 표정으로 고양이들이 돌아다니니 무섭고 지저분해서 신고할 수밖에 없었다고 하는 말에도 대체 뭐라고 대꾸해야 할지 알 수 없었다. 이웃과 무탈하게 지내야 했다. 그때 느낀 무력감은 평생 잊기 어려울 것이다.

하기는 아기들을 잃고도 계속 우리 가게를 찾아와 배를 채웠다. 날이 추워지면서부터는 안으로 들어와 추위를 피하기도 했다. 봄에 처음 만났을 때는 그렇게 나를 싫어했으면서, 사람한테 제 소중한 새끼들도 빼앗겼으면서, 날이 추워지자 스스로 보살핌을 요청하였다. 씩씩하고 뻔뻔한 생명체였다. 나는 우리의 처지가 크게 다를 것 없다고 생각했다. 그래서 하기가 잘 살기를 응원하는 일을, 나 자신을 응원하는 일로 여기기로 했다.

그 가게를 운영하는 동안 좋은 일이 참 많았지만 장사를 오래 하지는 못했다. 가게 문을 닫던 날, 나는 텅 빈 공간을 보고도 그 앞을 떠나지 못하는 하기를 애써 무시하고 집으로 돌아와서는 이불 속에서 하루 종일 울었다. 세들어 장사하던 곳에서 챙겨 주던 고양이가 앞으로 밥 굶을 걱정을 하기엔 나의 내일도 깜깜한데, 정들까 한 번 쓰다듬어 주지 못한, 그럼에도 불구하고 결국 정이 들어 버린 작은 짐승의 미래를 걱정하느라, 또 나의 미래를 걱정하느라 바쁘고 정신없었다.

결국은 퇴근하고 돌아온 마이클을 붙잡고 "마이클 우리 하기랑 같이 살까?", "아니다 안 되겠지? 역시 무리겠지?" 하면서 같은 질문을 하고 또 했다. 그때마다 마이클은 내가 원하는 대로 하자고 말해주었고, "그래도 같이 살면 행복하겠지…"라고도 덧붙였다.

가족이라는 단어는 누가 만들었을까. 나는 나의 어머니와 아버지가 인내와 사랑으로 나를 보살핀 시간들을 기억한다. 그리고 내 안의 그 사랑을 바탕으로, 나의 집으로 들어온 생명체들을 대한다. 최초의 가족으로부터 배운 새로운 가족 만들기. 사랑은 이어진다.

우리는 하기를 사랑하기로, 가족이 되기로 결심했다.

어쩌면 하기는 내 보살핌이 없어도 길에서 씩씩하게 잘 살아갔을 것이다. 하기가 우리 집에서 살고 있는 것은 어쩌면 나를 위한 일일지도 모른다. 왜냐하면 나는 외롭고 불안하고 가진 것이 별로 없어서, 뻔뻔하고 씩씩하게 살아가는 존재를 필요로 하기 때문이다.

나는 매일 작은 털북숭이 고양이 하기로부터 이 거친 세상을 더 의젓하게 살아갈 에너지를 나눠 받고 있다. 그리고 이에 감사하는 마음으로 하기를 성실하게 보살피고 사랑한다. 우리가 서로를 보살피면서 살아갈 수 있어서 다행이다.

안녕. 난 김하기.

(구)원식이야.

때는 2016년 봄, 임신한 나는
아이들을 낳을 장소를 찾고 있었어.

커피없음

어!
고양이!

후다닥

다음 날

이틀 뒤

원식아
많이
먹고 가~
냐아~

사흘 뒤

원식이
정팔이
오늘은 원식이
친구도 왔네.
너는 정팔이 해라.
우리 가게 이름이
망원정이니까.
무시해.
염 ㄱㄱ 염

늦봄에, 나는 그 가게 뒤 담벼락에서
예쁜 아기 다섯 마리를 낳았어.

열심히 아기들을 보살폈지만

지저분하고 무섭다는 누군가의 신고로
아기들을 모두 빼앗기고,
숨어 있던 한 아이만 남았어.

남은 아기는 다른 좋은 집으로 갔대.
고양이에게 사랑 많이 주는 사람들이 데리고 갔대.

지금은 뚱뚱하고 행복한 고양이로 지낸대.

밥을 주던 가게가 문을 닫고 나서는
그 근처 가게 사람들이 나를 돌봐 주었는데

이제 내가 사람을 너무 좋아하게 돼버려서
길에서 살면 위험하다며 옛 가게 주인이 찾아왔어.

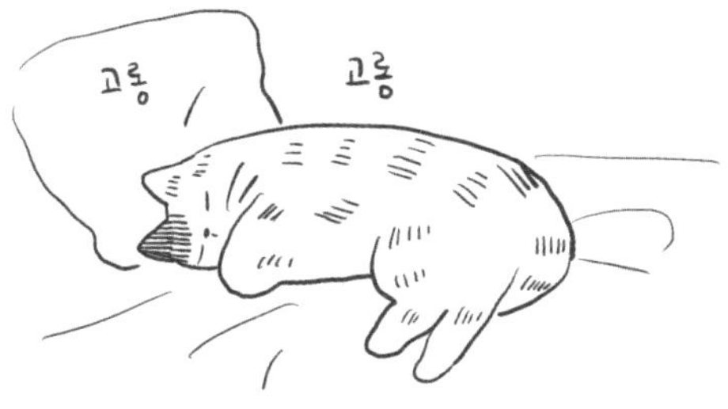

언젠가

잃어버린 아기들을 다시 만나서
따뜻한 이곳에서 같이 살면 좋겠다.

힉
♪
막 사냥한 참새

하기야 참새 선물
안 줘도 괜찮아.
난 이거 못 먹어.
?!!
실망
..

〈몇 주 후〉

〈또 몇 주 후〉

요즘에 하기가
참새 안 물어 와서
너무 다행이죠~
평
화
벨
레
렐
레
FLOWER
전화벨

끄..악!!
BOOKS
아… 언니
하기가 새
물어 왔다고요?
헐

동네 고양이 시절, 밥을 주는 가게마다
찾아가서 참새 선물을 주고 다니던 하기…
(그러나 아무도 좋아하지 않았다. 미안.)

〈2016년〉

아 -
9월인데도 덥다.
당시 집에
에어컨이 없어서
더우면 현관문을
열어 두곤 했다.

???
야옹

〈현재〉

하기는 자주

자기 똥꼬 냄새를 맡도록 시킨다.

나중에 알아봤더니 이것은 다른 고양이를
동료로서 인정할 때 하는 행동이라고 한다.
(사실인지는 모르겠다.)

쿵쿵 냄새를 맡아 줘야
흡족한 표정으로 가던 길을 마저 간다.

예전에
망원동 산책을
하고 있으면

냐아아

어떻게 알고
하기가 여기저기서
나타나곤 했었다.

하루는 다른 고양이와 싸우던 중에
나를 발견했던 건지

내 등 뒤에 숨어서
싸우기 시작했다.

하기가 나를 같은 편이라고 생각해주는 건
고마웠지만…

하기의 체중 관리를 위해
밥은 정해진 시간에
정해진 양만 주고 있다.

가끔 일찍 배고파지거나
더 먹고 싶을 때는

나를 때린다.

그리고는 미안한지 나를 안아 준다…

…가 아니고 발톱으로 찍는다.

하기를 집에 데리고 온 지 얼마 되지 않았을 때
지붕이 있는 고양이 화장실을 사 주었다.

들어간다!!!!

끙
어···어??!!

끄으응
아아악

고양이··· 정말
똑똑한 걸까.
주섬··

예전에는 하기 발톱을 깎으려면
난리도 그런 난리가 없었지만

이젠 요령이 생겼다.

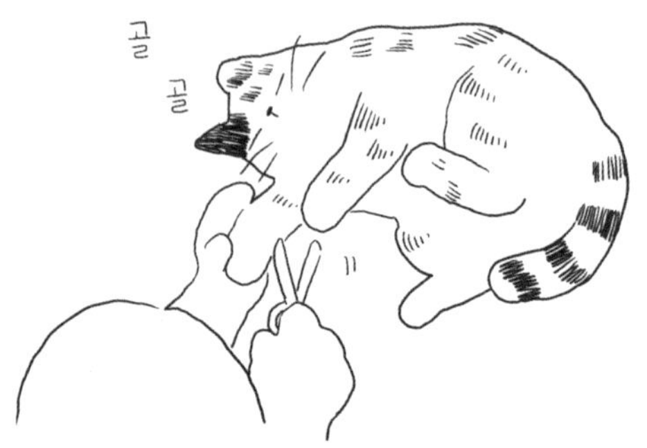

마치 아무 일도 없다는 듯 자고 있는 녀석의 발톱을
조심조심 하나씩 꺼내서 깎는다.

※주의점! 중간에 고양이가 깨도 놀라지 말아야 한다.

햇빛 샤워 중인 고양이는 관대하기 때문에
대충 다시 잔다.

몇 번만 반복하면 까칠묘 발톱 깎기 성공!!!

날이 더워지면 고양이 털이 많이 빠진다.

하기는 빗질을 그리 좋아하지 않아서
가끔씩만 쓴다.

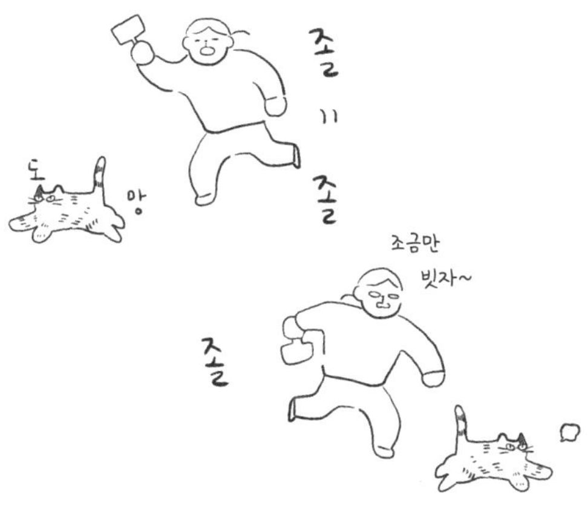

졸
졸
도
망
조금만
빗자~
졸

빗에 너무
편견을 갖지
말아 봐!
뭐래

고양이에게도 적당히 떼를 쓰면
들어주기도 하는 구나.

예전엔 종종 스스로에게 꽃을 사 주었다.

그런데 고양이들과 살게 된 후에는

꽃을 덜 사게 되었다.

그 이유는 하기가 꽃을 너무 좋아해서다.

TMI 단골 꽃집에는 귀엽고 붙임성 좋은 고양이 '요리'가 있었기 때문에 꽃집 가는 게 더 좋았다.

하기는 눈치가 빨라서
'병원'이라는 단어를 듣기만 해도 숨어 버린다.
그래서 병원에 가는 날은
마이클과 눈빛 교환으로 신호를 보낸다.

전염성이 있는 병을 앓는 청이와 한 집에서 키우기 때문에
걱정이 되어서 건강 검진을 받으려고 한 것인데

심한 욕

욕

집 근처로 콜택시를 타러 가던 중 이동장 안에서 몸부림치던 하기가 문을 열고 탈출해버렸다.

지난번 이동장을 씻고 꼭 닫아 두질 않았던 것이 화근이었다.

하기는 다행히 가까운 차 밑에 숨었다.

우리에게 느끼는 배신감과 낯선 환경 때문에
완전히 겁에 질려 있었고

손이 닿지 않는 깊숙한 곳으로 들어가
불러도 나오지 않았다.

30분 정도 대치 상태로 있다가

간식의 유혹에 넘어가 다가온 하기의
목덜미를 잡아채는 데 성공했다.

도망갈 땐 언제고 마이클을 어찌나 꽉 잡고 있는지
어이가 없을 지경이었다.

문제의 이동장은 버렸고,
그날은 너무 힘들어서 병원 계획도 취소했다.

가끔 하기가 무슨 생각을 하는지 궁금하다.

하기는 똥을 싸고 나서 혼자만의 수치심에 휩싸여서
집 안을 질주할 때가 많다.

하루 이틀 똥 싸는 것도 아니면서
어떤 날은 유난히 창피한 걸까??
알 수 없는 고양이의 마음…

마이클 왔다!
번쩍
삑
삑
삐
삑

오···
휙
아빠!!!

귀여워···
헤이 폽시
야
야옹
야
야

나한테??? 왜???
우왕
고로롱
잔다
고로롱

하기 마이클과 함께 처음 살았던 집은
오래된 2층 주택(의 2층)이었다.

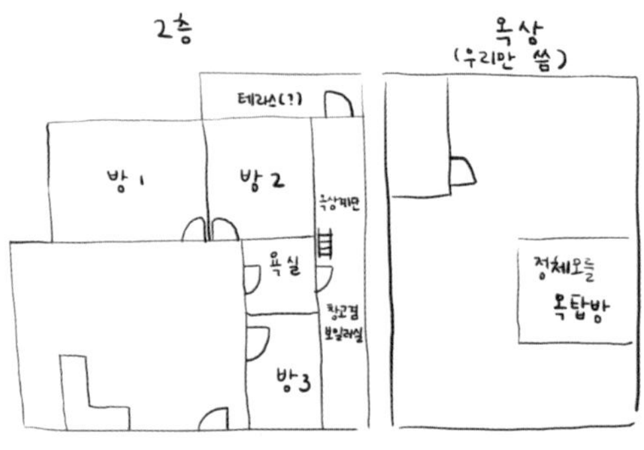

저렴한 가격에 집이 크고 남향이었지만,
관리가 전혀 되어 있지 않았고 낡아서 여름엔 덥고
겨울엔 추웠다. 그래도 하기는 좋아했다.

길 생활에 익숙해서인지 갇혀 지내는 일이 답답했던 하기에게는 좋은(?) 환경이었던 셈이다.

그 집의 구조는 고양이와 살기에는 꽤 위험했다.

– 고양이 탈출 위험 경로

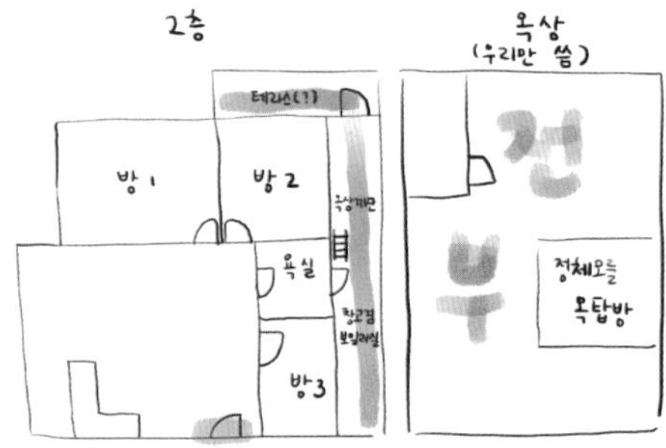

v 현관문을 열 때 뛰쳐나간다.

v 옥상 계단을 올라가서 고장 난 옥상문을 열고 나간다.

v 고장 난 테라스 문을 열고 나간다.

어느 날 기어코 탈출한 하기

애티는 우리 속도 모르고 충분히 산책을 끝낸 하기는
용케 다시 집으로 돌아오곤 했다. (아마도 배고파지면)

이런 일은 몇 번이나 반복되었고
결국 우리는 이사를 결심하게 되었다.

고양이와 살기 좋은 집을 찾자.

이사를 결심한 후 꽤 많은 집을 보러 다니던 중
가장 만족스러웠던 지금의 집은

현관 앞에 중문이 있어서
외출 시 고양이가 튀어 나가는 것을
막을 수 있고

건물 입구 문도 자동으로 열리는
구조가 아니라
늘 닫혀 있었다.

집 구할 때 고양이 동선을 위주로
생각한 사람
산책 탈출을
하려거든 문 세 개를
통과해야 한다.
요녀석.
느하하
촤..

엄마 나
산책 가고
시푼뎅···
너 나중에 휴대폰
생기면
그때~

날씨가 쌀쌀해져서 두꺼운 이불을 꺼냈다.

매년 두꺼운 이불을 꺼낼 때 기대하는 것이 있다.
바로 하기의 뒹굴뒹굴 하는 모습.
이불에 파묻혀 만족해하는 하기의 모습을 보는 소소한 기쁨이 있다.

날씨가 쌀쌀해지면 좋은 점 두 번째,

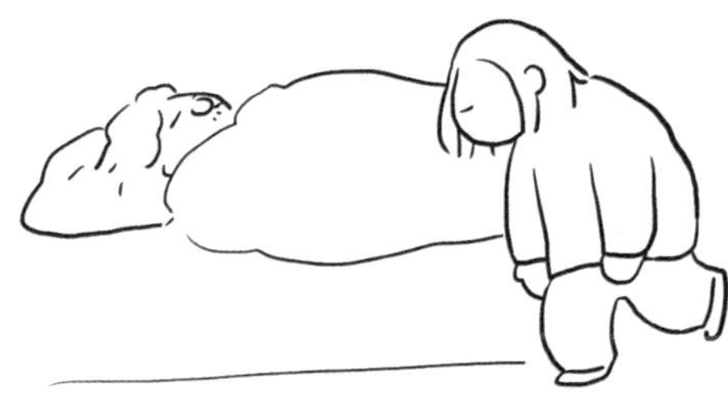

부시럭

슬그
머니

우와아~
고롱
고롱
날씨가 쌀쌀해지면
평소에 잘 때는
내 곁에 잘 오지 않는 하기가
옆에 찰싹 달라 붙는다.

아파트 놀이터에서 그네를 타고 있던 나와 친구는,
어미를 잃어 정신줄을 놓고 울고 있던
새끼고양이를 발견하게 된다.

억
부들 부들
애앵
으앙
너무 작고
귀여워…
어미가 버리고
갔나 보다.

한번
안아 볼래?
애러
화들짝
뭐?!!
내가 왜?!
싫어!!

그렇게
작은데
떨어트리면
어떡해!!
그 와중에 귀여워서
눈은 못 뗌
난 강아지도
만져본 적
없단 말이야.

뭐?
고양이를
못 만진다고?
짠...
그런 눈으로
보지 마.
안 떨어지게
조심해서
안으면
되잖아
...
애옹

아마 평생 잊지 못할 것이다.
처음 만져 본 새끼고양이의 그 감촉과 온기.
따듯하고 조금 축축하고 안쓰럽고 귀여웠던 아이.

아기 고양이는 꽤 지쳐 있었는지
내 품에서 금세 잠이 들어 버렸다.

안돼!!
우리 집
동물 못 키워~!!
ㅋ
그 아기 고양이한테
네 냄새 뱄잖아.
엄마가 돌아온다고 해도
버림 받을 거야.
*새끼 고양이를
발견했을 때
귀엽다고 만지거나
안아 주면 안 됩니다.

*유기 동물을 가족 구성원의
동의 없이 집에 데려갈 경우
2차 유기로 이어질 수 있으니
섣부른 판단은 금물입니다.
대뜸 데려가면
엄마 아빠한테
뭐라고 말해!!
있는
그대로
다시 내쫓으면
어떡해. 아기인데···
엄마가 데리러 올지
모르니까 여기 있는 게
나을 수도 있어.

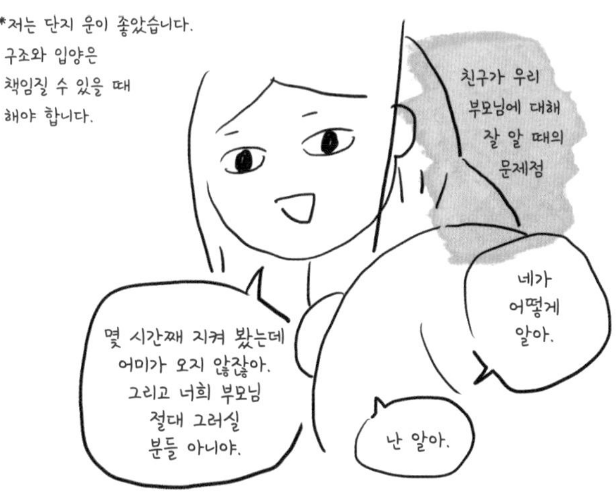

그렇게 나는 새끼 고양이를 우리 집에 데려가게 되었다.

가는 내내 고양이는
내 품에 꼭 안겨 있었다.
절대 떨어지려 하지 않았다.

딸
왔어?

어··· 엄마···
냐

사실 그날 밤 일이 잘 기억나지 않는다.

내 처신에 따라 아기 고양이의 미래가

결정된다는 생각에 초 긴장 상태였다.

드문드문 기억나는 건, 박스와 담요로 아기 고양이의 집을

만들어 주던 남동생의 행복한 표정과

이렇게 무책임하게 고양이를 데려오면 안 된다고

조곤조곤 말하던 엄마의 목소리.

('야자' 땡땡이 치고 놀다가 발견하게 됐다는 건

혼낼 거리도 아닌지 언급조차 되지 않음)

다음 날 학교에서 돌아오니

아빠와 동물병원에 다녀온 고양이가 집에 있었다.

두 번 다시 상의 없이 고양이를 데려오지 않기로 가족과 약속한 후 아기 고양이의 이름을 지었다. '초롱이'. 당시의 난 너무 다행이라는 생각에 그 이름에 반대할 생각조차 못했다.

세월이 많이 흘렀어도 초롱이는 여전히 아기처럼 예쁘다.

그 후 난 냥줍한 사람 이상의 대우를 받지 못했다.
초롱이의 원픽은 아빠. 뭣이 중헌지 아는 녀석이었다.

지금 초롱이는 동생이 둘이나 생겼고
여전히 정정하시고 화도 많이 내신다.

하기는 2016년 봄부터 겨울까지 당시 내가 운영하던 짜이 가게에서 밥을 얻어먹고는 했다.

아침에 딸 밤송이와 가게 문 앞에서 기다리는 모습이 너~무 귀여웠다.

난로 곁에서 몸을 녹이려고 아침부터 나를 기다렸던 것이다.

노곤하게 녹아 있는 고양이들을 보다가 그냥 집으로 데려가서
따뜻하게 살게 해주고 싶다는 생각을

얼마나 많이
했는지 모른다.

그리고 지금은…

내 곁에 있다.

하기야 잘 자.

하기는?
소파에서 자.

잘 자.

부스럭

아침에 일어나면 하기가 침대에 올라와 있는 게
너무 귀엽다. (+깨운다!)

따르릉

어~ 엄마~
나? 잘 지내. 응.
마이클도 잘 지내.
하기도···
하기는 여전히
너무 예쁘고 귀여워.

하기가 예쁘진 않지.
조폭 두목 같이 생겼잖아.
!

아닌데?
하기 정말 예쁜데?
세상에서 제일 예쁜데?
왜냐하면 이제 우리
가족이니까.
ㅋㅋ 그래.
하기는 좋겠네~

고양이 사진 촬영 가이드

고양이와의 행복한 인생을 위한 9가지 제안

글. 마이클 월린

1. 고양이 사진을 찍지 마세요

뻔뻔하게 시작해서 죄송하지만 우리 고양이들의 아름다움을 감상하는 데 굳이 사진이 꼭 필요할까요? 인류는 몇천 년(1만 년이 넘을 수도 있대요!) 동안 고양이들과 행복하게 살아왔습니다. (물론 그 시절엔 휴대 전화도 카메라도 없었으니 사진도 없었겠죠.) 세상에서 제일 오래된 고양이 사진은 200년도 안 됐대요. 하지만 진짜 진짜 너무너무 찍고 싶다면 말릴 수 없겠죠? 맘 편히 찍으세요. 단, 필수는 아닙니다!

2. 고양이는 귀엽기만 한 동물이 아닙니다

고양이가 시각적으로 표현하는 것들은 꽤 다양하죠. 이러한 특징들을 탐험해보는 건 어떨까요? 사람이 슬프거나 짜증날 때 사진을 찍는 건 예의가 아닐지 모르지만 고양이들은 다행히(?) 초상권이나 촬영 허락의 개념을 모르니까요. 다양한 감정을 나타낼 때 후다닥 찍어 봐요.

3. 그래도 무례하게 대하지는 마세요

사람에게도 그렇지만 고양이에게도 무례해선 안되겠죠. 배려심을 가지고 사진을 찍어야 합니다. 자신의 인스타그램용 사진만을 생각하고 쉬고 있거나 자는 고양이들을 방해하면 안 됩니다.

4. 고양이들은 움직입니다

집고양이들이 제일 좋아하는 것은 아마도 낮잠일 것 같아요. 그런데 고양이의 본질은 사냥꾼이라는 사실을 잊지 맙시다. 고양이들은 완전히 다이나믹한 생물이에요. 그러니 정면 사진에만 만족하지 말고 고양이가 움직이는 패턴을 잘 관찰해서 앙리 까르띠에 브레송처럼 '결정적 순간'을 포착해보세요.

5. 고양이 사진에는 무한한 가능성이 있습니다

사진의 역사에는 유독 고양이가 많아요. 흑백, 컬러, 대형, 소형, 광고, 예술 사진 등등. 당신의 고양이 사진들도 포함되겠죠. 휴대 전화로 쉽게 찍을 수 있는 스타일의 사진에만 익숙해지지 말고 다양한 장르나 형태의 촬영을 연구해보면 어떨까요?

6. 고양이 사진을 인터넷에 마구 올리지 마세요

데이터는 곧 미래입니다. 모든 데이터가 그렇지만 우리 고양이들 사진도 함부로 뿌리지 말고 잘 생각해보고 올리는 게 좋겠죠? 사진을 찍은 것만으로도 만족한다면 굳이 공개하지 마세요. 필름 카메라로 찍어 보관하는 것도 좋고요.

7. 고양이 사진을 다른 사람에게 보내 보세요

사진을 여기저기 올리기보다는 사랑하는 사람이나 친한 친구에게만 공유하는 것이 더 의미 있지 않을까요?

8. 사진을 프린트 해보세요

우리는 귀여운 고양이 사진을 보려고 휴대 전화를 손에 드는 순간, 엄청난 유혹에 시달리게 됩니다. 각종 어플의 굉장한 사진들에 마치 개미지옥처럼 빠져들어 헤어나오지 못하게 되죠. 하지만 필름 사진이라면 온전히 사진 속 우리 고양이에만 집중할 수 있죠. 그런데 프린트된 사진에 사용할 수 있는 앱은 왜 없을까요?

9. 인생은 짧습니다

사진보다 중요한 건 지금 여러분 눈앞에 있는 고양이입니다. 사진을 찍든 말든 우선은 고양이와 함께 보내는 시간을 맘껏 즐깁시다!

너 턱드름 있다 청아.
아 그래여?

응.
그리고
변비도 있어.
오...

피부병도 있고
발에 굳은 살도
진짜 심하더라.
오와ㅏ

밖에서 살 때
많이 힘들었겠다.
그래도 우리 청이
돌봐 주던 분들 많아서
다행이었지···
꼬
옥

나 공원에서 살 때
잘해줬던
아줌마 아저씨 친구들
고마워!

나는 청이. 공원에서 태어났어요.
공원이 산이랑 연결되어 있어서 우리 고양이들이
많이 살았어요.

제가 어릴 때 '작고 예쁘다'며 사람 가족들이
저를 데려가서 함께 살게 되었어요. 그런데 제가 크고 나서는
다시 공원으로 돌아오게 되었어요.

이유는 모르겠어요.

그래도 나는 공원에 친구가 많았어요.
캣맘, 캣대디 아줌마 아저씨들도 저를 많이 예뻐해줬어요.

나는 '공원이'라는 친구 고양이와 아기 고양이와 함께 살았어요.
저는 친구의 아기도 잘 보살폈어요.
박스도 빌려주고 밥도 나눠 줬어요.

그런데 아기는 아파서 겨울이 지나고 하늘나라로 갔어요.
공원이도 많이 아파서 점점 힘이 없어졌어요.
저도 아파서 먹는 것이 힘들었어요.

나는 점점 약해져서 다른 고양이 친구들 무리에서 소외되었어요.
길에서 살면 어쩔 수 없는 일이에요.

가끔은 고양이가 아닌 사람들이 저를 때리고 괴롭히기도 했어요.
나는 다정하게 만져 보라고 가까이 다가간 것이었는데…

그러던 어느 날 캣맘 아줌마들 중 한 분이 나를 데리고
멀리 왔어요. 이제 여기서 함께 사는 거래요.

과거에 나를 돌봐 준 사람들도 있고 괴롭힌 사람들도 있었어요.
그래서 조금 무서웠지만 아직 나는 사람을 많이 좋아해요.

이제 가족이 생겨서 정말 행복해요.
오래오래 함께 살면 좋겠어요.

멀티는 멀티

…!

냐리

〈동물병원〉

곰팡이성
피부염이에요.
청이는 이미
구내염 약도 먹고
있어서
. . . .
동시에 약 처방을
할 수가 없어요.
약용 샴푸로 씻어 주고
연고를 발라 주는
정도만 돼요.

구내염 치료가 끝나야
피부병 치료도
할 수 있구나.

멀티 병치레 플레이 고양이
와…
…

청이가 살려고
나에게 왔구나.
차근차근 고쳐 보자.
병원 후 츄르(+약)
상태
노곤

청아
엄마랑 커들링 할까?
꾸루룩

우리 개냥이~

이렇게 안고 있을 때 청이는

정말 너무 다정하게
발톱을 꺼내지 않고
얼굴을 쓰담쓰담 해준다.

겉모습만 고양이이고
속엔 개의 영혼이
들어 있는 건 아닐까
???
세상
다정

청이는 집 고양이가 된 지 얼마 되지 않아서인지
식탐이 매우 강하다. 그래서!

예전에 하기가 청이처럼 밥을 급하게 먹어서
사 두었던 '천천히 먹게 하는 고양이 밥그릇'이 생각났다.

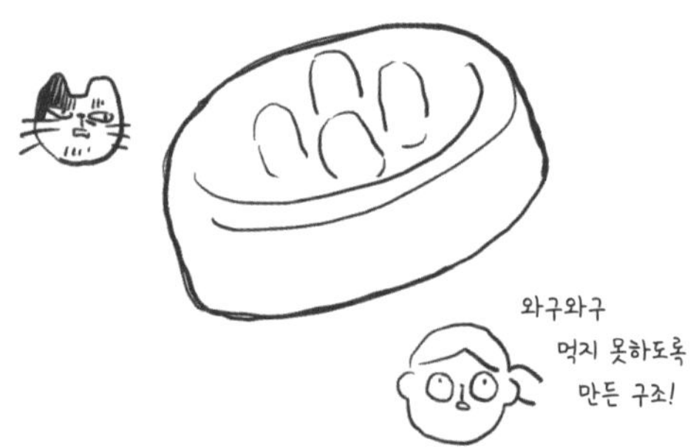

이 그릇에 밥을 줬을 때, 하기는 단식 투쟁을 했었다.

그렇게 서랍장 구석 신세를 지고 있던 '빨리 못 먹게 하는 밥그릇'은
청이에게로 가게 되었는데

사료를 앞발로 야무지게 꺼내 빠른 속도로 먹어 치워서
결국 그 그릇도 소용 없었다는 이야기.

청이의 구내염이 심하다는 건
알고 있었지만

이를 다 뽑으면 청이의 남은 묘생이 정말 괜찮은 건지,
나는 고양이 마음도 모르는데 실수하는 건 아닌지,
며칠 동안 발치 결정을 못하고 고민했다.

그러다가 지인이 추천해준 병원에서

라는
선생님의
얘기를 듣고

발치 수술에 대한 결심을 굳혔다.

수술 전날 청이는
마따따비 가지를
선물 받았는데

지인~짜 좋아했다.

그날 청이가 마지막으로 씹는 재미를
느낄 수 있어서 다행이었다고 생각한다.
내가 좀 더 세심한 사람이었다면
앞으로 씹는 경험을 하지 못할 청이를 위해
더 다양한 체험을 준비해주었을 텐데…
아쉽다.

작업실에서 격리시키던 청이를
구내염 수술 후 집으로 데려왔다.

그림과 책을 보관하던 작은 방에서 2차 격리를 시작했다.

구내염이 점점 나아지면서 청이의 고생은 줄었지만
이제부터는 하기에게 바이러스가 옮지 않도록
주의를 기울여야 한다.

청이를 키우면서 난관에 부딪힐 때마다
청이가 더 소중하게 느껴진다.

청이를 지난해 여름에 데리고 왔는데
아직 구내염이 낫지 않았다.

청이만큼 하기를, 하기만큼 청이를 사랑하고
격리가 최선이라고 생각해도, 미안한 마음은
어쩔 수가 없어서…

② 피곤해도 매일 놀아 주기

③ 좋아하는 비디오 보여 주기

등등의 방법으로 고영 복지가 미흡하지 않도록 노력하는 중이다.

청이에게 고양이 사탕을 줘 봤다.

똑같은 것을 하기에게 주었을 때는
계속 이빨로 깨 먹으려고 해서 결국 다시 뺏었다.

청이는 이빨이 없어서 실패했다…

청이가 오늘도 씩씩하고 귀여웠다는 이야기

이런 자세로
아이패드를
보고 있었더니

청이가 내 종아리 위로 올라와서 식빵을 굽는 것이 아닌가!!

청아
이동장 포근하게
만들어 줄게.
이동장에
담요 넣는 중

따라라라라 라~
...

스스로 들어가는
고양이응
대박...

고양이
병원 데려가는
일이 이렇게
쉬울 일인가?
이건 기적이다.

청이를 목욕시켰다.

야심차게 준비했었다.

그런 야심이 무안할 정도로

그 어떤 갈등도 없이 목욕이 끝났다.
(드라이기를 싫어해서 난로 앞에서 말렸다.)

U튜브를 열심히 보는 고양이

U튜브 중독 고양이의 모습이 바로 저런 걸까.

느아아
나아아

...
놔아아
나아앍

청아
왜 그렇게
떼를 써.
나ㅡ

밥은 먹은 지
얼마 되지
않았잖아.
놀이 할까
??
심드렁
...

흠 그럼
너 혹시…?

!!
팍

응석 부리고
싶었구나.
골
골골
고로롱
골
골골

하기
입양했을 때는
몰랐던 게
있는데
뭔데?

길에 살던 고양이를 구조해서
잘 씻긴 후에 깨끗해진
모습을 보는 일이 정말 좋아.
꼭 고생까지 씻어 내는 것
같잖아···
깨끗!

녀석 흙 많이 밟고 살았구나.

요즘에 젤리스틱을 간식으로 즐겨 먹는데
체리맛, 석류맛이 맛있다.

...
아 빨리~
이거 츄르 아닌데...

냄새 맡아 봐.
킁
킁

맞지?
윽…
신 냄새…

우리집 고양이들은 둘 다 침을 흘리면서 잔다.

하기의 경우

아주 야무진 표정으로 일어나지만
입가에 침이 묻어 있다.

청이의 경우

딱히 야무진 표정으로 일어나는 것도 아닐뿐더러
입가에 침이 흥건…

새벽에 일어나서 밥 달라고 조를 때
하기와 청이의 알람 스타일 탐구

CASE 1 하기: 다양한 소리를 낸다.

안 일어나면 소리를 바꾼다.

다양하게 계속 바꾼다.

CASE 2 청이: 소리는 같고 음량만 점점 커진다.

냐아아아

냐아아아
…
…
…

고양이들이 대체로 가지고 있는, 귀여운 멍청미.
청이의 경우엔 이런 거다.

기지개를 열심히 켜다가
무릎 밖으로 굴러 떨어지기 같은 것.

며칠 동안 애지중지 키웠고

그러던 어느 날
직사광선
샤워할까?

악!!!!
와
야…
뚝

너무 어이가 없어서 말이 나오지 않음

다시 옮겨 심는 과정에서 몇 뿌리는 상했고
동그랗고 소복하던 모양도 흐트러졌다.

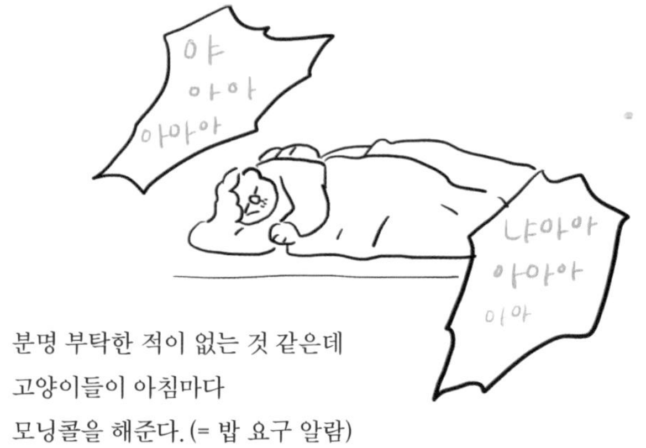

분명 부탁한 적이 없는 것 같은데
고양이들이 아침마다
모닝콜을 해준다. (= 밥 요구 알람)

상황이 이렇다 보니 잠자리에 들기 전
마이클과 이런 대화를 나누기도 한다.

고양이들도
알람시계처럼
알람 끄기 버튼이
있었으면 좋겠다.

냐냐냐냥 ~~
냐 냐냐 냐냐 ~
~~ 냐냐냐
가요
가~

조용
그럼 전
다시 자러
...
오
이렇게

하기와 청이의
쾌변과 면역력을
위해서
유산균을
먹이고 있어요.
그런데 둘이 취향이
달라서
각각 집에서
직접 만든
요거트(설탕x)와
분말 유산균을
먹이고 있어요.

고양이들도
취향이
다르기
때문이죠.
플레인 요거트파
분말 요거트파

하기는 분말 유산균을 먹이면 토하고

청이는 플레인 요거트를 먹이면 이상한 표정을 짓는다.

청이가 변비가 생겨서
챙겨 먹이는 김에
하기도 먹이는 건데
유산균이
고양이 건강에
좋다고
하더라고요.
난 가루로만
부탁행

캣닢이 많이 자랐다!

저렇게 좋아하다니
정말 뿌듯하다!!

청아
한 입만
먹어 봐.

어흑흑…

이후로도 몇 번 더 시도했지만
그때마다 하기만 좋아하고 청이는 좋아하지 않았다.

캣닢에도 취향이 있구나.

바이클이 닭고기를 삶아 왔다.

하기에게는 작은 덩어리를 잘라서 주고

이빨이 없는 청이는 먹는 모습을 확인하면서
직접 먹여 주었다.

이빨이 없어서인지 자꾸 떨어뜨려서
입안에 쏙쏙 넣어 주었다.

아기새에게 먹이를 주는 어미새가 된 기분이었다.
청이는 고양이, 나는 사람인데

그리고, 늘 별일 없는 의젓하고 씩씩한 하기에게 고맙다.

나무와 마이클

가족의 탄생 II

글. 김나무

2015년 겨울, 공항에서 무거운 배낭을 들다가 허리를 심하게 삐었다. 비행기에 타 보지도 못하고 그대로 병원으로 갔다. 병원에서 의사 선생님은 웃어서 미안하다고 했지만 사실은 나도 어이가 없어서 웃음이 나왔다. 그 후 인도 여행을 하려고 구입한 티켓의 비행 일정을 세 번 변경했는데 처음 한 번을 제외하고는 공항에 가보지도 못했다. 계속 사고가 났기 때문이다. 그리고 세 번째 사고가 나던 날, '이 여행은 하면 안 되는 것인지도 몰라' 하고 생각했다. 세 번이나 짐을 풀었다 챙겼다 하면서도 인도에 가지 못할 것이라고 생각한 적은 단 한 번도 없었는데 마지막에 스스로 여행을 포기하는 일은 너무나 쉬웠다.

그 일이 있고 몇 달 후, 가족 여행을 떠났다. 작은 차로 작은 터널을 지났고, 터널을 지나기 전 어느 집의 마당 앞에서 귀엽게 널브러진 살림살이들을 보았다. 온천에 가서 오래된 가게들을 보았고, 편의점 간식들을 많이 먹었고 동생이 나이 들었다고 느꼈다. 아빠는, 엄마가 어째서 기분이 나빠졌는지 '알고 싶지 않은 것' 같았다. 여행이 끝나고 혼자 망원동 집에 돌아왔을 때 슬프지 않은데도 어쩐지 울고 싶은 기분이 되었다. 여행에서 가지고 온 작은 기념품들은 가족과 이별한 증거처럼 보였다.

마이클과는 2016년에 처음 만났는데 아마 2015년으로부터 이어진 어떤 기운이 내 안에서 지속되고 있을 때였을 것이다. 우리는 적어도 이틀에 한 번씩 망원1동에서 한강공원으로 달리기를 했다. 함께 뛰면서 어디서 왔는지 알 수 없는 작은 게의 사체나, 허물을 벗기 위해 7년 만에 땅 위로 나온 매미 유충, 책을 읽으면서 운동하는 아저씨와 서로를 보살피는 동네 고양이 무리 등을 발견하곤 했다.

가족에 대한 이야기도 나누었는데 서로에게 부족한 각자의 언어로 대화하다보니 종종 오해하고 화를 냈다. 둘이

다툰 날에는 달리기를 하지 않았다. 화해를 할 때에는 직접 요리한 음식이나 서로의 언어로 쓴 시를 나누었다. 화해를 하면 그날은 다시 달리기를 했다. 운동을 하고 배가 고파지면 함께 식사를 했고 살림살이를 나누어 썼다. 어느 날 문득, '어쩌면 우리는 가족이 되기 위해서 만난 건 아닐까' 하는 생각이 들었다.

여러 가지 안 좋은 일과 좋은 일이 번갈아 일어나던 그 혼란한 와중에 가족이 되고 싶은 사람을 찾을 수 있었던 것은 나에게 행운이었다. 나를 운이 좋은 사람으로 만드는 데에 일조한 나의 짝에게, 운이 나쁘다는 게 무슨 말인지 알게 해준 2015년의 인도 여행 실패에, 가족의 의미에 대해 많이 생각하게 한 이전의 가족에게 고마움을 느낀다.

마이클을 처음 만났을 때

안녕하세여.

...
...

한국어를 하는 외국인에게 영어로 인사한 게
너무 창피했던 기억이 강렬하게 남아 있다.

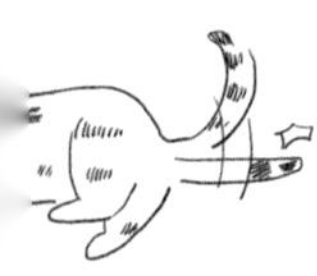

마이클 집에 처음 놀러 갔을 때

동전이 어마어마하게 많이 모여 있어서 놀랐다.

딱히 모으려고 모은 것은 아니고
어쩌다 보니 이렇게 많아졌다고 했다.

내가 은행에 가져가서 지폐로 바꿨는데
5만 원이나 되는 큰돈이었다.

그렇게 동전과 바꾼 지폐를 마이클에게 주었더니

5만 원짜리 꽃다발을 만들어다 주는 게 아닌가.

난 누가
나한테
못되게 굴면
잘 방어하는
편이야.

예를 들어서,
상처 입히려고 하는
말을 주면
안 받아.

그것은 완전히 새로운 개념이었다.

분명 한 차원 높은 방어술인 것처럼 느껴졌다.

!!!
...
이태리어 →
아니
못하는데?

후다닥
술 마셨나 봐.
화내지
않는다.

마이클은 이상한 사람이지만

나도
이상한
사람이라서

이상한 사람들끼리 이렇게 만나서
최대한 서로를 보듬으면서 사는 게
행운이라고 자주 느낀다.

이상한 사람이라도 내가 좋아하면 된 거지…
영혼의 결만 단정하면 되는 일이다.

어릴 때 12색, 24색 크레용을 썼던 나는
64색 크레용을 가진 친구들이 몹시 부러웠다.

그렇지만 한편으론 그때 64색 크레용을 갖고 있었더라면 그림 그리는 일을 지금보다 덜 좋아했을지도 모른다는 생각이 든다.

사람의 무의식이란 것은 결핍을 채우기 위해
다른 능력치를 끌어올려 주기도 하는 게 아닐까…

작고, 불편한 점도 많은 우리 식당이 마치

어릴 때 쓰던
12색 크레용 같다는
생각이 든다.

집에서 일하는 프리랜서 노동자에게 가장 위험한 요소는

첫 번째 고양이

두 번째도 고양이입니다.

이유는

30분

1시간
2시간…

…

마이클

내가 좀
예민하지?
그렇지
뭐.

예민하지만
그럭저럭 귀엽지?
음...

에밀리 디킨슨도
예민했다.

구구절절 늘어놓는 말보다
더 위로가 된다.

20대 중반을 지날 때엔

이런 기분이었다.

나는 이쪽으로
가야겠다...
캄
캄
비포장 도로
허들 없음

워우씨 나도 그냥
허들이나 넘을 걸!!
외롭고 고달퍼.
으아

그러던 와중에 만난 매우 침착한 사람

뭐?
나하고
결혼할래?
우리 같이
다니자.
???

나는 이탈리아가 너무 좋았다.

원래는 친구와 함께 가려고 했었다.

그러나 다행히도 피차 제정신이 돌아와서
없던 일로 하기로 했다.

그 후 마이클을 만나고 결혼을 약속했고

하고 물었더니,

그렇게 우린 함께 이탈리아로 떠나게 되었다.

고생길을…

예상하기 쉬운 일이지만 외국 생활에서의 갈등은 경제난에서 비롯되었다.

너무 고생하다 보니 저녁이면 이유 없는 실망과 슬픔이 밀려왔지만

아름다운 것을 보고 감동하는 마음을 발견할 때 다시금 괜찮아졌다.

사실 애초부터 우리는 우리에게 닥쳐올 무언가를 감당할 각오도 없이 떠났는지도 모른다.

아름다운 이 도시에서의 생활을
전혀 즐기지 못하고 있다는 것을 깨달았을 때

한국에 돌아가기로 했다.

두 사람이 이렇게 동시에 가치관의 변화를 겪게 된 것은 대단한 일이었고

〈2016년 대화 내용〉

뜻대로 되지 않는 상황에서 빠르게 포기하고 다음으로 함께 넘어갈 수 있는 파트너라는 것을 알게 된 사실만으로도 엉망진창 여행을 통해 얻은 큰 성과라고 생각한다.

∨자투리 성과: 저렴하고 맛있는 술을 다양하게 체험했음

우린 결혼은 했지만 결혼식을 할 생각은 없었다.

그래도 재미있는 일은
좋으니까 뭔가 해보면 어때?
결혼식은 싫지만
결혼한다고 선언 같은 걸
하는 파티??

뭐 되면 하고
안 되면 하지 말자.
정말로 요정도 마음가짐으로
벌인 일이었는데···

우선 미국에 갔을 때 이베이에서 구입한
거니섹 중고 드레스(약 200불)를 꺼냈다.

결혼 파티를 핑계로 겸사겸사 구입한 것이었다.

나에겐 많이 길어서 한국에 가져와서 손수 길이를 줄였다.

사진도 셀프로 찍었다.

그러고 나서 주변에 알렸더니

꽃과 한복, 파티 장소와 음식 등이 순식간에 해결되었는데

각 분야에 있는 친구들이 십시일반 힘을 모아 주었기 때문이다.

우리의 결혼 파티를 축하하면서 친구들이 함께 준비해준 결혼 파티엔 씩씩함이 가득했었고

이렇게 가능한 방식으로 뭔가를 준비해본 경험은 앞으로 우리가 함께 잘 살아나갈 수 있겠다는 경험과 자신감으로 남았다.

그렇지만 3년 후 우리는 결혼식도 하게 된다.

수년 전

엄마…

까똑

오늘부터 겨울 날씨 같아.
옷을 꼭 따뜻하게 입도록 해.

아침이면

머리는 떡져 있고 얼굴은 부어 있을 텐데

마이클, 커피
마셨어?
응
팅팅

꼭
나무야
아침에 부은 모습이
너무 귀여워.
라고 말해준다.
잘 붓는 체질이어서 놀림을 많이
받아온 사람(관련 별명: 태아)
↓
...

어떤 대상에게 마음을 주기로 결심하고, 단순하고 우직하게 그 마음을 지켜 나가는 사람들을 볼 때, 이 사람의 인생에 그렇게 이 사람을 사랑해주는 사람이 많았었구나 하는 생각이 든다. 그리고 나도 앞으로 그런 사람이 될 수 있겠구나 하는 희망이 생기고는 하는 것이다.

마이클아
이것 봐라.

진짜
웃기지.
ㅋㅋㅋ
웃긴 영상

정신없이 웃다 마이클을 보니,
마이클이 영상을 보면서 웃는 나를 보며
웃고 있었다.

일상이 팍팍하면 자기 힘든 점만 생각하기 마련인데

고양이들 앞에서 늘 흥겨운 나처럼…

팝콘 한 솥

얼마 전, 영화 볼 때 팝콘 먹는 일이
너무 기분 좋다고 말했더니

며칠 뒤 마이클이 팝콘을 '한 솥' 만들었다.
(거의 다 자기가 먹었음)

마이클이 정말 좋은 파트너인 이유를

내가 하는 말들을 성의 있게 듣고 기억한 후
신경 써 주는 모습에서 느낀다.

그리고 하지 말라는 말은
되도록 하지 않는다.

성의와 행동으로 보여 주는 마음을 좋아한다.

내 꿈 중
하나는, 과수원
주인이 되는 거야.

복숭아밭~
너무 좋겠다.

할 수
있겠어?
응. 돈 많이
벌면!!

뭐 돈도
중요하지만
그것보다도···
아
···
허리 디스크
+
체력 거지

아··· 그러네···
과수원 주인이 되면
농사를 지어야
하는 구나.
그냥 복숭아를
많이 사 먹어.

과수원이
낭만적인
생각이긴 해.
너는 꽤
현실적이구나.

그래
마이클.
집에 올 때 사과
사다 줄 수 있어?
먹고 싶어···

나무야
마이클!!!
(사과!!!)

그 사과 원래
4개에 5천 원인데

시장 아주머니가
5개나 주셨어.
나 귀여운
외국 삼촌이라고
좋아하셔.

강
귀여운
외국 삼촌
이라서···
조
알았다구
···

나무야
버섯 떨어졌어.
좀 사다 줘.
응
식당 오픈 초기엔
나도 일을 많이 도왔다.

이거랑
달걀 한 판 주세요.
1000
우리리

귀여운
외국 삼촌네서
왔지?
오 맞아용.

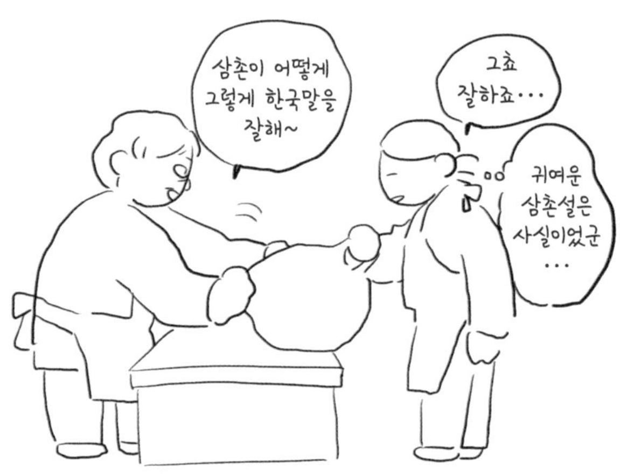
삼촌이 어떻게
그렇게 한국말을
잘해~
그죠
잘하죠…
귀여운
삼촌설은
사실이었군
…

몇 년 전 어벤져스 시리즈 마지막 편을 보러
마이클과 극장에 갔을 때였다.

자리에 앉아 있는데 마이클이 누군가와
인사 + 수다를 나누었다.

아까 내 옆에
○○수산
사장님이었어.
그래?

어떻게
알아봤어?
항상 시장에
계시니까 알지.
마이클
인사성이 밝구나…

날씨가 추워져서 겨울옷들을 꺼냈다.

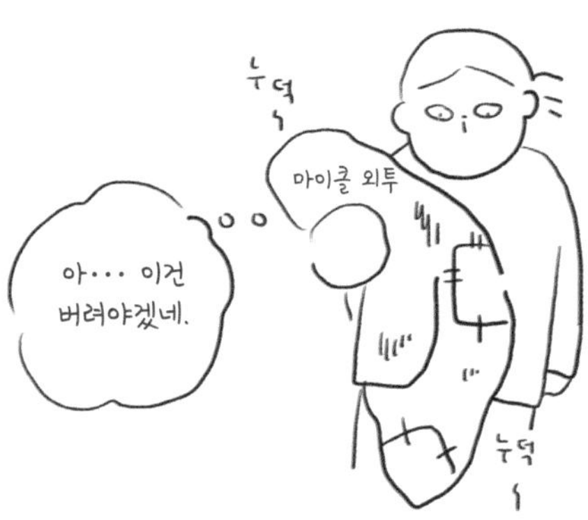

마이클.
이 옷 버릴게.
응

아
주머니
한 번 확인하고
버려 줘.
응

!!!
뒤적
뭐 있어?

1만 원
아니.
암것도
없는데??
그치??

지난 크리스마스에

(우리 생활 기준)제법 값이 나가는 옷을
선물로 사 주었다.

그런데
왜 잠옷으로
입냐고···

심지어 저 옷 입고
매일 하기와 놀아서
올이 다 나갔어.
누덕~
너덜

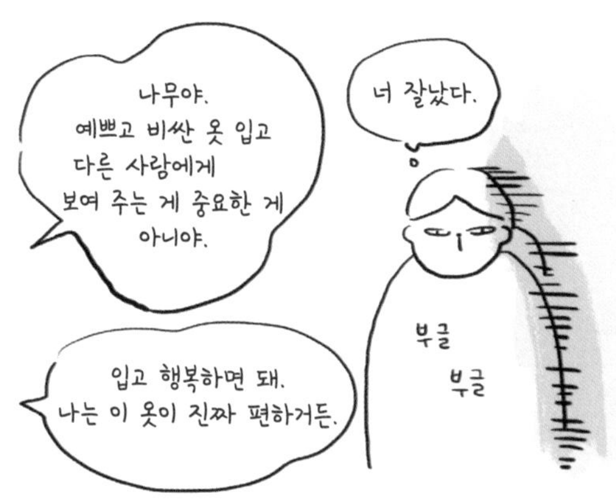
나무야.
예쁘고 비싼 옷 입고
다른 사람에게
보여 주는 게 중요한 게
아니야.
너 잘났다.
입고 행복하면 돼.
나는 이 옷이 진짜 편하거든.
부글
부글

이 옷 사 줘서 고마워.
부글..

몇 년 전 한파로 난리였을 때였다.

그 시기 누군가 앉아 있는 것을 본 적이 없던
야외 테라스에 앉아 음료를 마시고 있는
외국인 관광객들을 보고 우린 정말 너무 놀랐다.

콧물도 얼어 버리던
때였다.

…
?
??
떼잉
쯧
외국 녀석

현지화
너무 빨리
된 거
아닌지?
감기 걸려
이 녀석들아!

마이클, 올해의 목표는 무엇인가요?
부자 되기!

ㅇㅋ 그럼 적는다.
뭐?!! 안 돼!!

음···
감정을 더
잘 표현하는
것?
와···
의젓한 목표잖아.

그러면 나는
감정을 좀 덜
표현할래.
오예
새해는 균형 맞추기로 시작

바게트를 사는 습관이 생겼다.

마이클식당에서 미트볼, 치킨 같은 메뉴를 판매하니까
바게트가 있으면 샌드위치로 응용해
스탭밀을 만들어 먹을 수 있다.

나무가 사다 준
바게트
맛있었어.
그래??
뿌듯허네.

그런데
내 '인생
바게트'는
아니었어.
인생 바게트…
와…
한국어
잘하네.

아빠는 요즘 우체국 쇼핑몰에서
쇼핑을 즐겨 하신다고 한다.

갓김치가 쏘아 올린 장인님 논란

마이클식당은 월요일 휴무인데 가끔 며칠씩 더 쉴 때도 있다.

가까운 곳으로 기분 전환하러 나가기도 한다.

잘 쉬면 하고 싶은 일이 생긴다.

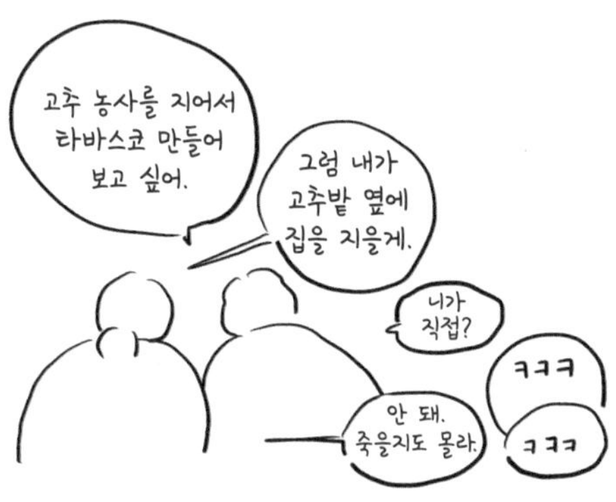

적게 벌더라도 젊음과 기운을 더 오래 유지할 수 있다면 좋겠다.

처음 친구가 된 해에는 서로 언어가 달라서

오해하고 다투는 일도 자주 있었다.

혼자서 분을 삭히고 있으면 어느새 어디선가

마이클이 맛있는 음식을 만들어서 나타났고
거짓말처럼 화가 풀리곤 했다.

마이클은 그때 알았을까?
내가 얼마나 단순한지…

마이클식당의 휴무일인 월요일이나 한가한 평일에는
마이클이 이것저것 요리를 해주기도 한다.

이런 대화 후에

구운 새송이, 가지, 애호박, 당근 등을 듬뿍 넣고
마이클의 특제 양념으로 마무리한 바게트 샌드위치를 먹게 된다.

또 어느 날은 밥반찬을 만들어서 가져다 주기도 한다.

나도 가끔 요리 요청을 받곤 하는데,
메뉴는 언제나 동일하다.

어느 날 점심엔 마이클이 미리 만들어 놓은 요리를 먹었는데

유난히 맛있게 먹어서 전화를 걸어 잘 먹었다고 말했다.
그랬더니,

음~
너의 사랑이
들어 있어서
??

아 그러세요.
아니야.
간 잘 맞추고
파 많이 넣어서
그래.
지나치게 솔직한 사람

하기야 놀자.

...

마이클
하기가 나랑
안 놀려고 해.

하기야~

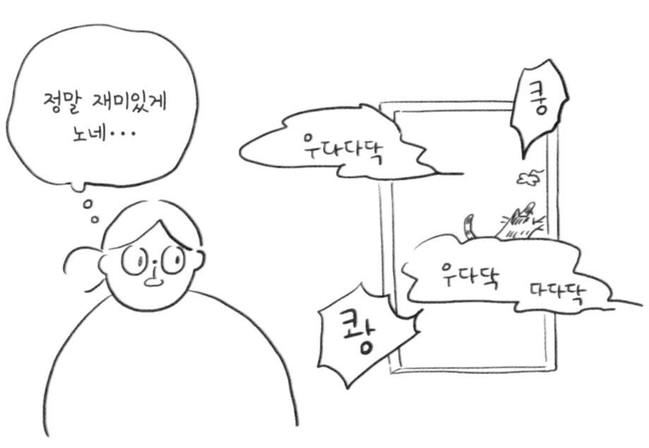
정말 재미있게
노네...
우다다닥
쿵
우다닥
다다닥
쾅

〈2016년〉

〈2018년〉

〈현재〉

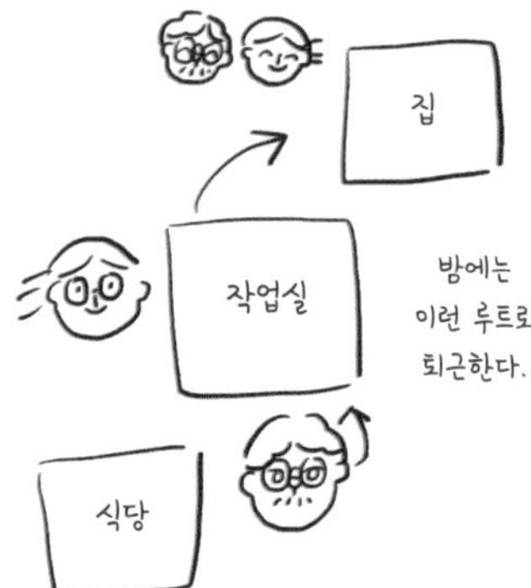
집
작업실
식당
밤에는
이런 루트로
퇴근한다.

마이클아
나무야

햄버거
샀어?
응

떡볶이도
샀어.

부탁도
안했는데?!
안 물어보고
그냥
사 왔어?!!!
그냥??
떡볶이를!!

요즘에
내복 입어?
아니.
입고
다녀.

난 한국에
처음 왔을 때부터
내복은 꼭 입었어.
한국 겨울이
정말 춥지···

BYC에서
사 입었어.
왜인지
알아?

BYC가
히트텍보다
힙하니까.
내복과 힙쟁이
나는
힙해서
...
음...
......
그래.

다른 사람과 함께하는 삶에 대한 믿음은

마이클이 애정과 관심을 갈구하지 않고
먼저 스스로의 인생을 아끼는 모습에서 저절로 생겨난다.

따로, 또 같이 살아간다.

요리는 사랑

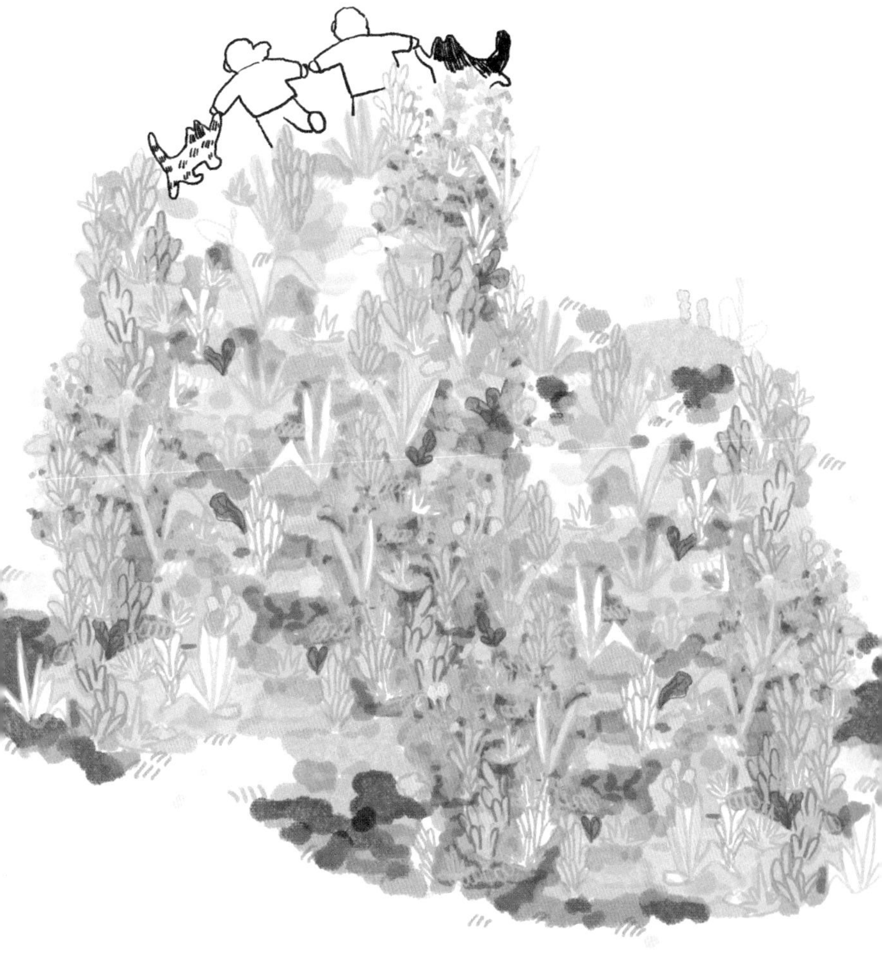

요리는 사랑

글. 김나무

고소하고 짭짤한 토스트가 바삭 하며 입 안에서 씹힐 때마다, 토라진 마음이 바삭바삭 부서져 사라지던 순간이나, 어설프게 수박을 자르면서 무서웠던 일, 다 먹지도 못할 만큼 많은 도넛을 튀기며 쌓여 가던 모습을 보던 복잡한 기분 같은 기억들을 떠올린다. 사랑이 부족하거나 기운이 없을 때 스스로를 잘 먹이는 일은 언제나 도움이 된다. 스스로 잘 먹이기 위해서, 잘 먹었던 기억들, 기억하고 싶은 일들은 기록해두고 있다.

"엄마, 나 물렁물렁한 달걀찜이 먹고 싶어."

텔레비전 요리 프로그램에 나온 '차완무시'를 보고 한 말이었다. 그때까지 내가 먹어 본 달걀찜은 작은 뚝배기에 달걀을 무심하게 풀어 넣고 센 불에서 보글보글 끓이듯 쪄낸, 엄마가 만든 달걀찜뿐이었다. 텔레비전을 통해 본 기포 하나 없이 푸딩처럼 매끈하며 노랗고 말캉해보이는 달걀찜을 보니 그 맛이 궁금했다.

그 달걀찜의 이름이 차완무시라는 것을 몰라서 '물렁물렁한 달걀찜'이 먹고 싶다고 말했더니 한참 부족한 설명에도 엄마는 "알겠어" 하고 대답했다. 다음날 엄마가 만든 달걀찜은 평소의 달걀찜과는 달리 더 보드랍고 말캉했다. 신기해서 "내가 무슨 말 하는지 어떻게 알았어?" 하고 물어보니 엄마는 "그냥 알았어" 하고 대답했다. "그래서 어떻게 만들었어?" 물어도, 그저 "열심히 만들어 봤어"라는 대답이었다. 엄마가 열심히 만들어 준 물렁물렁한 달걀찜은 참 맛있었다.

이제는 차완무시를 사 먹는 일도, 스스로 만들어 먹는 일도 어렵지 않다. 그런데 차완무시를 먹을 때마다 나의 개떡 같은 설명을 찰떡같이 알아들어 준 엄마가 '그냥', '열심히' 만든 '물렁한 달걀찜' 생각이 난다. 엄마가 만들어 준 달걀찜은 부드럽고 말캉하긴 했지만 차완무시는 아니었다. 애초에 달걀찜에 대한 집착의 시작은 차완무시로 시작되었는데 결국 늘 먹고 싶은 건 엄마가 만든 달걀찜이다. 내가 만들면 그 맛이 나지도 않는다. 나는 물렁물렁한 달걀찜의 기억에 갇혀 버렸다.

한 사람이 살아가는 동안에 얼마나 많은 식사를 하게 될까. 하루 세 끼를 먹는다는 가정 하에 80세까지 산다면 죽을 때까지 대략 8만 7천 6백 번의 식사를 하게 될 것이다. 그런데 8만 7천 6백 번 이상의 식사를 하고 난 후에도 나는 엄마의 달걀찜을 기억하고 있을 것 같은 예감이 든다. 달걀찜을 만드는 엄마의 모습을 너무나 잘 상상할 수 있기 때문이다.

달걀물을 체에 곱게 내리는 엄마의 모습을 상상한다. 늘 하던 대로 센 불에서 뚝배기에 익히는 달걀찜이 아니라 냄비에 물을 붓고 그 가운데에 달걀을 풀어 넣은 그릇을 넣어 중탕으로 천천히 익히는 달걀찜. 그렇게 딸이 요청한 물렁한 달걀찜을 만드는 엄마의 모습을 상상한다. '이 정도면 물렁한 달걀찜이 된 걸까?' 하고 생각하는 엄마의 모습을 상상한다.

엄마와 나는, 잘 쪄낸 달걀찜처럼 언제나 보드랍게 지내오지는 못했다. 그래도 엄마가 나에게 먹이기 위한 음식을 요리하는 모습을 상상할 때, 그리고 그렇게 먹어 온 것들을 기억할 때, 엄마가 나를 사랑한다고 믿을 이유를 얻는다. 사랑하는 마음과 먹이는 일은 서로 의지하고 있고, 잘 먹이고 잘 먹는 것으로 사랑하는 마음을 표현했던 순간들이 우리가 보낸 시간들 속에 아주 많이 있으니까. 감정은 보이지 않는대도 음식은 확실히 보이는 것이니 그렇게 믿기로 했다.

최초의 주방, 최초의 요리

요리하는 엄마의 모습을 보면
용기나 사랑 같은 것을 배울 수 있었다.

지치고 힘들 때
엄마 반찬을 꺼내 먹으면
힘이 나는 건
이런 기억 때문일까.

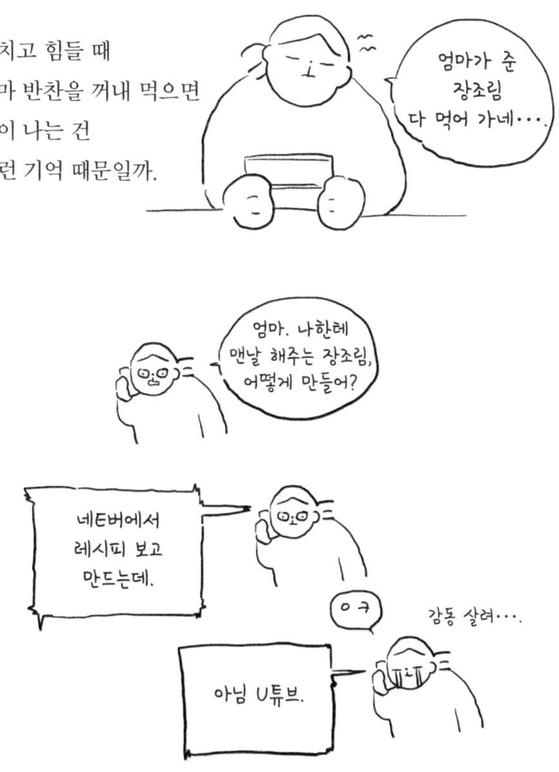

귀차니스트에게 ☆☆☆☆☆ 별 다섯 개 받은 달래 양념장

✩ 재료: 달래, 사과 ✩ 양념 재료: 간장, 물, 설탕, 매실청, 참기름, 고춧가루

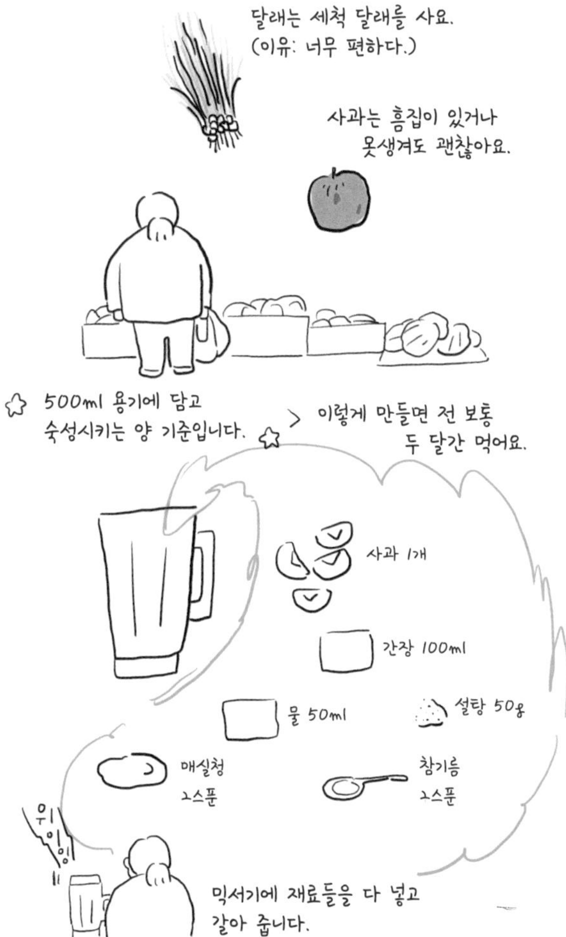

1. 달래는 종종 썰고(한 단)

2. 아까 믹서기로 갈아둔 양념에 넣고 잘 섞어요.

3. 냉장고에 하루, 이틀 정도 숙성시키면 완성입니다.

4. 묵이나 두부 양념장으로 먹어도 좋고

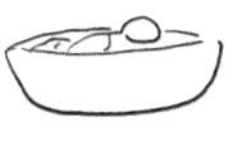

5. 달걀 프라이를 하나 해서 밥이랑 요 양념장이랑 먹어도 좋고요.

6. 만들어 두면 여기저기 요긴하게 쓸 수 있을 거예요!!

몸과 마음 건강 김밥

친구, 그리고 친구의 아기와
소풍 가서 함께 먹을 음식을 고민하다
만들게 된 김밥이에요.

☆ 재료 (김밥 8줄 기준) ☆

- 파프리카 빨간색 1개, 노란색 1개
- 피망 초록색 1개
- 우엉 1뿌리(국내산이 통통해서 손질이 편하고 맛이 좋아요!)
- 당근 2개

- 표고버섯 8개 × 8
- 양송이버섯 10개 × 10
- 아스파라거스 8개
- 김밥용 김 8장

∨ 두부 ½모

∨ 아보카도 1개

○ 밥 간 맞출 때 필요한 재료

∨ 참기름 ∨ 볶은 깨 ∨ 소금

○ 파프리카 피클용 단촛물 재료

∨ 식초 100ml ∨ 설탕 100g ∨ 소금 40g

∨ 물 200ml

김밥 만들기 하루 전날 준비할 재료

1. 파프리카와 피망을

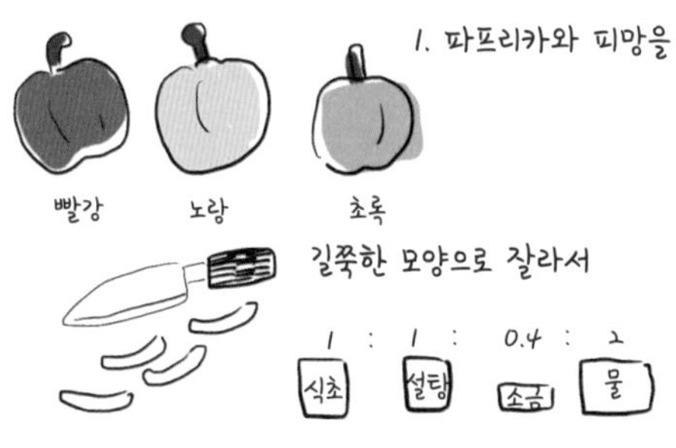

길쭉한 모양으로 잘라서

절임촛물에 재워 주세요.

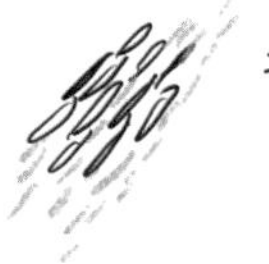

2. 우엉은 채 썰어서 간장양념에 졸이고
(저는 미림, 설탕, 간장, 참기름,
볶은 깨로 양념해요.)

3. 당근도 채 썰어서
볶으면서 약간의 소금 간을 해줍니다.

4. 표고와 양송이는 슬라이스하고
우엉조림 양념에 졸여 주세요.

(아이가 먹을 게 아니라면 고춧가루를 넣어 보세요!)

5. 아스파라거스는 그대로
약간의 소금 간을 해서 노릇하게 굽고

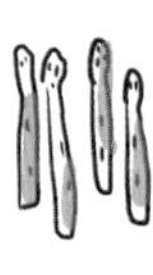

6. 두부는 길쭉한 막대 모양으로 잘라

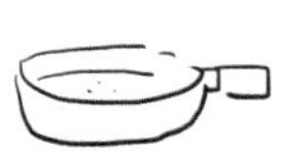

넉넉한 기름에
단단해지도록
튀기듯 구워요.

7. 그리고 소금 간 살짝해서 마무리!

8. 아보카도도 길쭉하게
자르면

김밥 속 재료
준비가 끝났습니다!

9. 김밥용 밥은 평소보다 살짝 질게 지어요.
(제 취향입니다.)

10.

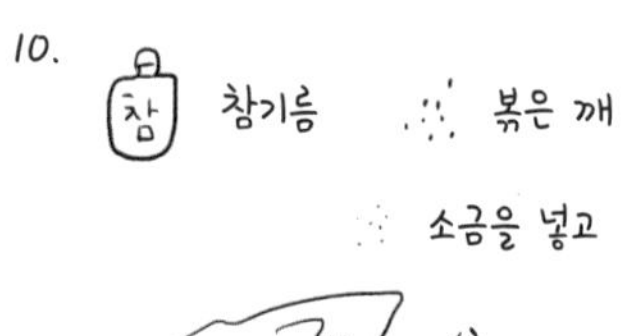

참기름 볶은 깨

소금을 넣고

잘 섞어요.

김밥 싸는 동안 랩을 씌워두면 100 = 백 점!

11. 이제 원하는 재료를 넣고 잘~
말아서 먹기만 하면 되는데요.

절인 파프리카나
아보카도처럼 울퉁불퉁한 재료 위에 채 썬
재료를 얹으면

좀 더 김밥이 단단하게 말려요.

김밥 썰 때 참기름 바르고 자르면
잘 썰리고 꼬순맛도 더 나요.

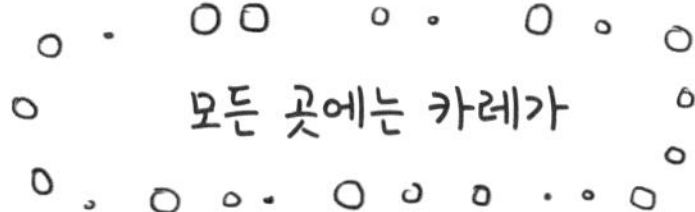

오늘은 좀 무기력한데~ 싶으면 카레를 만듭니다.

기름에 향신료, 마늘, 양파를 볶으면서
친구들을 생각합니다.

카레는 어디에나

정말 어디에나

〈인도〉

어디에나 있어서

추억들이 쉽게 떠오릅니다.

'상상력' 카레

커리(Curry)는
마살라(혼합 향신료)를 사용하는
쌀밥 요리를 총칭하는 단어라고 하네요.
마살라를 잘 쓴 요리는 무엇이든 카레가 될 수 있겠어요!

☆ 재료 (4인분 기준) ☆

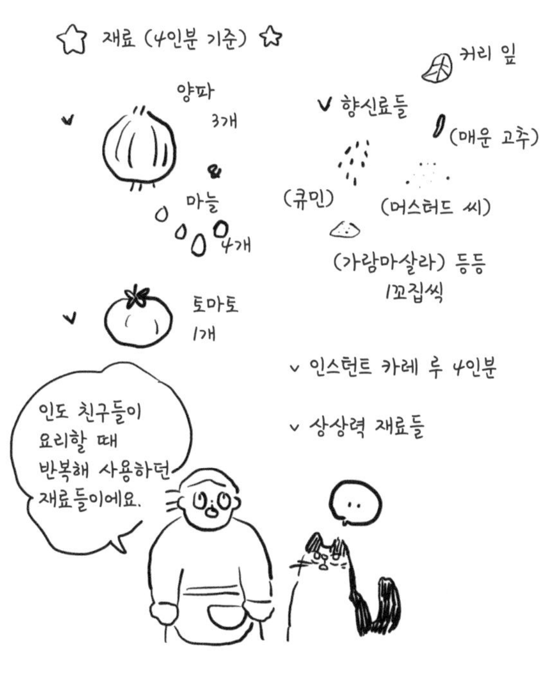

마늘 4개 → 슬라이스

양파를 2개 썰어서 → 찹찹

토마토는 생토마토도 좋지만,
껍질을 벗기는 일이 번거로우니 캔에 담긴
홀 토마토 사용을 추천합니다.

가까운 마트에 없으면 인터넷에서
주문하시면 돼요.

홀 토마토를
물과 1:1의 비율로 섞은 후
볶던 양파에 넣고 잘 섞으면서
으깨 주세요.

준비한 인스턴트 카레 루도 풀어서 넣어 주세요.

단단한 재료 순서로 냄비에 넣고 익혀 주세요.

마이클식당

글. 마이클 월린

만약 10년 전 누군가 나에게 “너 몇 년 있다가 한국에 가면 식당에서 요리를 하게 될 거야!”라고 했다면 아마 말도 안 되는 일이라고 생각했을 것이다. 우선 우리 집안은 개인 사업을 절대 하지 않는다. 우리 가족은 모두 대학교를 졸업하고 전문가가 되었다. 개인 사업과 전혀 관련이 없는 일을 30년간 하다가 식당을 한다는 것은 상상도 못할 일이다. 그러나 나는 몇 년 후 한국에 왔고 식당을 열고 요리를 하게 되었다. 나름대로 성공하게 되면 성공하고, 실패하게 되면 실패하는 삶을 살기로 했다.

식당을 열기로 결정하고 나서 가장 중요한 일은 우선 식당 이름을 짓는 것이었다. 이름에는 생각보다 많은 것이 담겨 있다. 요리도 중요하고 식당 운영도 중요하지만 식당

이름과 메뉴 이름을 짓는 일이 가장 간단해 보이면서도 중요한 일이었다. 이름에는 어떤 역사와 정성이 담겨 있다고 생각한다. 나는 이상하게도 이름만 잘 지어 놓으면 식당이든 메뉴든 사람이든 성공할 수밖에 없다고 생각하고 있다. 이것도 미신인가?

이름에 대해 조금 다른 이야기를 해보려고 한다.
이름은 바뀌는 것도 있고 안 바뀌는 것도 있다. 90년대 미국에는 한미 혼혈 남녀쌍둥이가 살았다. 우리는 동그랑땡을 코리안미트볼이라고 불렀다. 닭볶음탕은 치킨립스라고 불렀다. (닭갈비도 아닌데) 장조림은 소이소스비프라고 불렀다. 그래도 김치찌개는 김치찌개라고 했고, 깍두기도 깍두기, 설렁탕도 설렁탕, 빈대떡도 빈대떡이라고 불렀다.

우리 엄마는 1970년도에 미국으로 이민했다. 엄마의 이름은 인순이였는데 조금 더 미국식인 영순으로 이름을 바꾸었다. 당시 엄마는 어느 할머니로부터 미트볼 레시피를 배웠다고 한다. 그 레시피는 상황에 따라 조금씩 변형되

긴 하지만 지금 내가 마이클식당에서 쓰는 레시피의 기초가 되었다. 엄마의 레시피와 그 이름 모를 할머니의 레시피, 그리고 그 할머니에게 레시피를 전해주었을 그 할머니의 할머니의 레시피가 없었더라면 아마 지금 마이클식당도 없었을지 모른다.

식당에서 요리를 하다보면 코리안미트볼(동그랑땡)과 치킨립스(닭볶음탕)의 역사와 사랑을 자연스럽게 추억하게 된다. 나의 어머니는 특별히 한국에 대해 이야기해주지는 않으셨다. 한국말도 혼자 배웠다. 그래도 어머니가 우리에게 해주신 음식에 담긴 이야기가 내 안에 살아남아 마이클식당이라는 한 챕터를 열어 주었다.

한국에서 생활한지 10년째다. 가끔씩 내가 한국인 혼혈인 것을 알고 사람들이 한국 이름을 묻고는 한다. 나는 한국 이름이 없다. 내 이름은 Michael인데 어느덧 마이클이라고 불리게 되었다. 우리 식당 이름은 그래서 '마이클식당(@eatatmichael)'이다. (여러분 놀러 오세요. 환영합니다!)

이 세상에서 새로운 길을 찾아 나가며 이름을 지어 주고 요리를 만들고 레시피를 남기는 모든 사람들에게 감사의 마음을 전하고 싶다.

고등어구이 전자레인지 덮밥

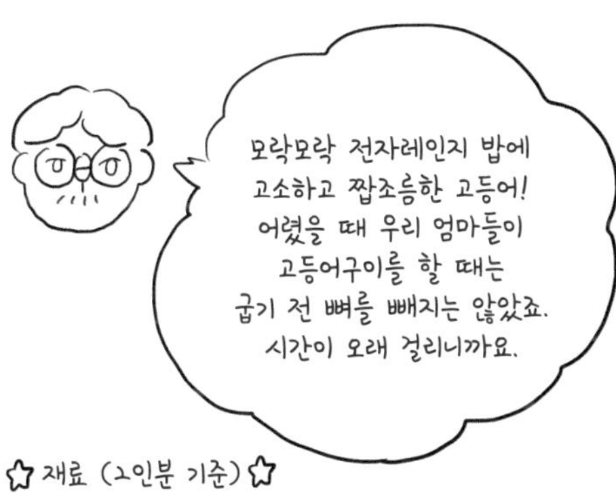

☆ 재료 (2인분 기준) ☆

1. 미리 지어 둔 밥을 용기로 옮기고

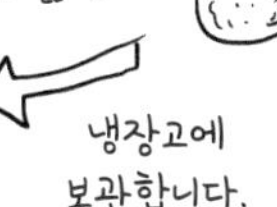

냉장고에
보관합니다.

2. 생선 가게에서 구이용 고등어를 삽니다.
머리는 빼고 달라고 해요.

3. 뼈를 제거할 줄 알면 제거하세요.
못하겠으면 그대로 두세요.

4. 소금 간을 '짠 자반' 수준으로 하고
냉장고에서 숙성시켜요.

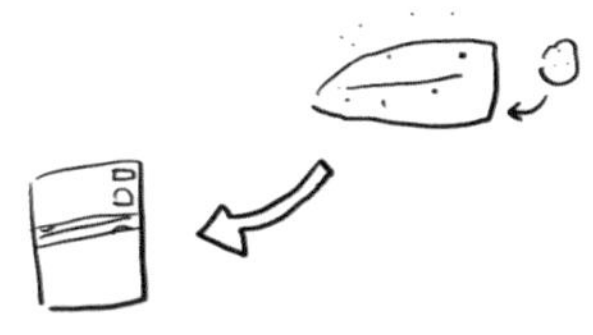

5. 자반을 냉장고에서 꺼내 찬물에 1시간 동안
담궜다가 깨끗이 씻어 키친타올로 물기를 잘 닦아 줍니다.

6. 프라이팬을 중불로
예열한 뒤 식용유를 조금
둘러 줍니다.

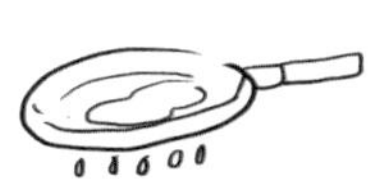

7. 먼저 껍질을 노릇하게 굽고 나서,
살 부분을 구워요(2분씩).

8. 구운 고등어를 도마로 옮기고 4등분합니다.

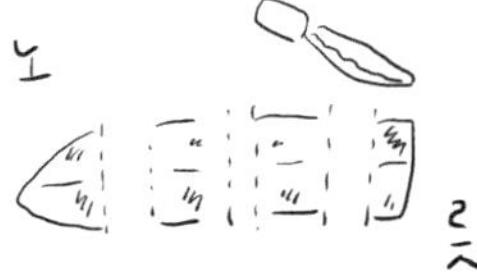

9. 뚜껑이 있는 전자레인지용 용기를 2개 준비하고

뚜껑을 잘 덮고 전자레인지에 넣고
뜨거울 때까지 돌립니다(2~3분).

10. 맛있게 드세요!

- 뚜껑을 조심스럽게 엽니다(스팀 위험).
- 고등어가 전자레인지 안에서 터졌을 수도 있어요.
  잘 덮어서 수습하면 돼요.

먹으면서 뼈를 빼는 일은
일종의 예술이에요.
어렵기는 하지만
명상이라고 생각하면 됩니다.

촉촉한 초코초코칩 뚜키스

크리스마스 준비는
장식뿐 아니라 산타가
좋아하는 쿠키도 필수.
겨울이 오고 있는데 우리가 사다 놓은
오븐에 먼지가 쌓인 것을 보니까
'쿠키를 한번 만들어 보자!' 생각했어요.
마이클식당에서도 거의 비슷한
쿠키를 만들어 팔았는데
반응이 아주 좋았답니다!

☆ 재료 (큰 쿠키 12개 기준) ☆

- 무가염 버터(동물성) 150g
- 흑설탕 150g
- 백설탕 90g
- 달걀 2개(큰 것)
- 바닐라 익스트랙 1티스푼
- 베이킹 소다 1티스푼
- 소금 1티스푼
- 초코칩 125g

1. 버터를 냉장고에서 미리 꺼내 둡니다.
(실온 버터가 이 레시피에 맞습니다.)

3. 큰 믹싱볼에 중력분과 베이킹소다, 소금을
추가로 넣고 핸드 믹서로 잘 섞어 줍니다.

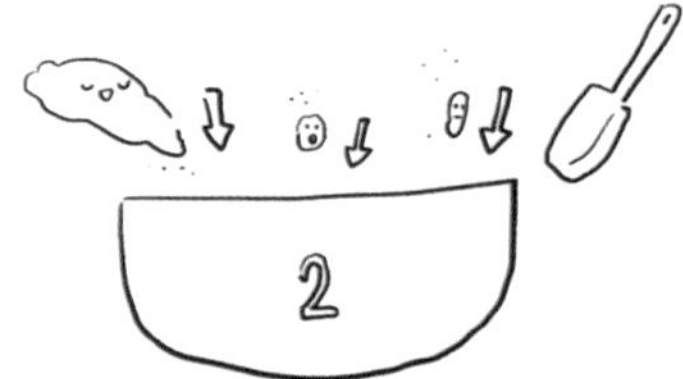

4. 달걀과 바닐라를
따로 섞고

3

1에 30초 동안 나눠 부어 줍니다.
핸드 믹서 속도를
조금 올려 주세요.

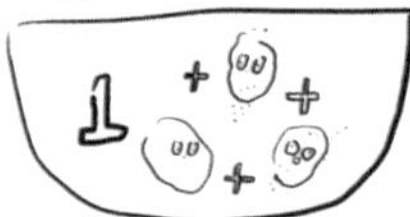

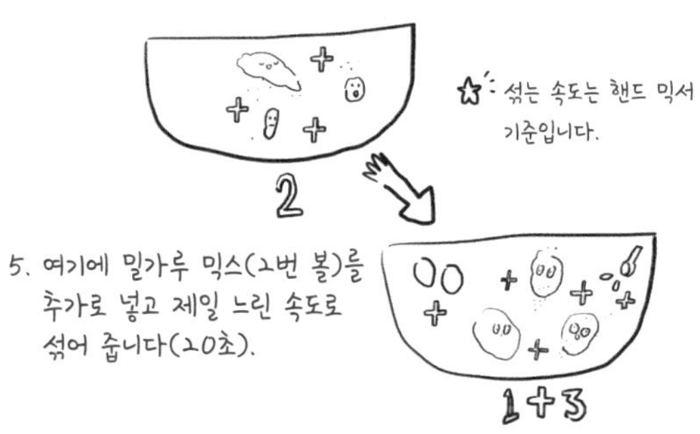

★ 섞는 속도는 핸드 믹서 기준입니다.

5. 여기에 밀가루 믹스(2번 볼)를 추가로 넣고 제일 느린 속도로 섞어 줍니다(20초).

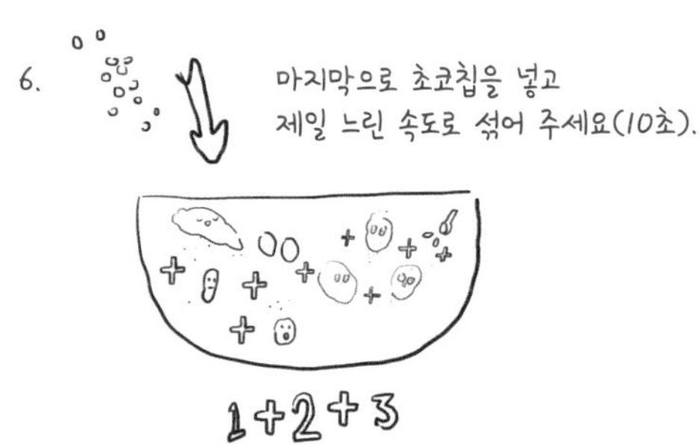

6. 마지막으로 초코칩을 넣고 제일 느린 속도로 섞어 주세요(10초).

7. 재료들이 섞인 볼을 랩으로 덮고 냉장고에서 3시간~이틀 동안 숙성시킵니다.

8. 오븐은 165도로 예열하세요.
유산지를 깐 오븐 틀 위에 아이스크림 스쿱으로 반죽을 떠서 올리며 모양을 만듭니다.

쿠키 간 거리 두기 넉넉히^^

9. 쿠키를 10분 구운 후 상태를 확인해보고,
더 구워야 하는 경우에 1~2분 더 구워 줍니다.

10. 오븐에서 꺼낸 쿠키를 1시간 동안 식힙니다.

11. 우유나 커피와 먹으면 완성!

NOTE

- 이 레시피에는 꼭 중력분을 써야 합니다.
박력분 패키지에 쿠키 그림이 있어도 믿으면 안 됩니다.
박력분에는 글루텐이 부족하기 때문에,
중력분으로 만든 쿠키가 더 쫄깃하거든요.

- 보통 초코칩 쿠키에는
백설탕과 흑설탕을
1:1로 씁니다.

장조림 파스타

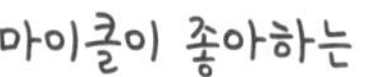

마이클이 좋아하는 장조림 파스타

저희 어머니는 제가 자취를 시작한 후로 꼭 장조림 반찬을 만들어서 보내 주셨어요.

장조림을 더 재미있게 먹어 보려고 이런저런 시도를 하다 발견한 레시피입니다.

☆ 1인분 기준 ☆

- 소고기 장조림 3스푼
  (반찬가게에서 구입하셔도 좋지만 직접 만들어 보는 것도 재미있습니다. 별로 어렵지 않고요.)
- 장조림 양념 1스푼 
- 스파게티 면 1인분 
  (지름 10원 크기라고 하네요~!)
- 마늘 3알
- 쪽파 1뿌리
- 올리브 오일 ½스푼
- 후춧가루 2꼬집
- 볶은 깨, 소금 약간씩
  ↑ (필요시)

1. 냄비에 스파게티 면과 소금 1티스푼을 넣고 삶는다.

2. 올리브 오일을 두른 팬에 슬라이스한 마늘을 넣고
타지 않도록 노릇하게 익힌다. 장조림도 넣고 살짝 볶는다.

3. 스파게티 면을 삶은 물은 모두 버리지 말고 ½컵 덜어 두었다가
장조림 양념과 섞어 소스를 만든다.

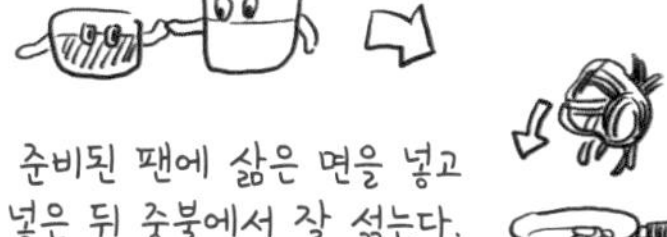

4. 2번이 준비된 팬에 삶은 면을 넣고
3번도 넣은 뒤 중불에서 잘 섞는다.

5. 소스가 졸아들면 입맛에 맞게 소금 간을 하고 잘 담아서

NOTE : 면에 간이 부족한 듯해야
장조림과 함께 먹기에 좋습니다.

닭 한 마리 육수

닭 한 마리 육수

우리 집에서는 육수를 만들지
않았어요. '간편', '시간 절약'이
우리 어머니 주방의 모토였거든요.
하지만 육수는 만들어 볼 만한 것 같아요.
시간이 오래 걸리지만,
대부분은 기다리는 시간이니까요.
쉬는 날 아침에 장을 본 후 육수 만들기를
시작하고 책을 읽으며 기다려요.
이게 저의
'육수 휴일을 보내는 법'입니다.

☆재료 (약 10ℓ 기준)☆

- 닭 1마리
- 양파 1개
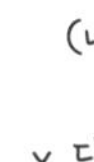
- 대파 3줄
- 마늘 8알 × 8
- 생강 1개

- 알배추 1/2개

- 표고버섯 8개 × 8

- 육수용 멸치 16개
  (내장은 제거해요.)

- 다시마 약 15cm × 15cm 1장

1. 닭을 잘 씻고 큰 냄비에 넣은 후 '닭이 잠길 정도로만' 물을 붓습니다.

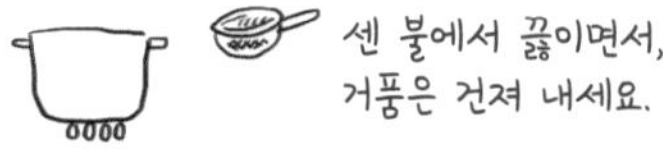

센 불에서 끓이면서,
거품은 건져 내세요.

2. 채소 재료들을 모두 넣고 만약 물이 부족하다면 찬물을 조금 더 넣으세요.

3. 중간 불로 줄이고, 끓기 전 냄비 바닥에 기포가 한두 방울씩 올라오기 시작하면 작은 불로 줄입니다.

4. 물이 끓지 않도록 뚜껑은 덮지 않은 상태로 5시간가량 둡니다.

한 시간에 한 번씩 살펴보면서
냄비를 저어 주고,
물이 모자라면 보충합니다.

5. 불을 끄기 1시간 전에 다시마와 멸치를 넣습니다.

6. 1시간 후 불을 끄고 건더기를 체로 건진 후,
밀폐용기에 나누어 담고 냉장/냉동 보관합니다.

모든 요리에 물 대신 육수를 넣으면 더 맛있어져요.
자유롭게 시도해보세요.

콩밥이 절대 아닌
라이스 앤 빈스

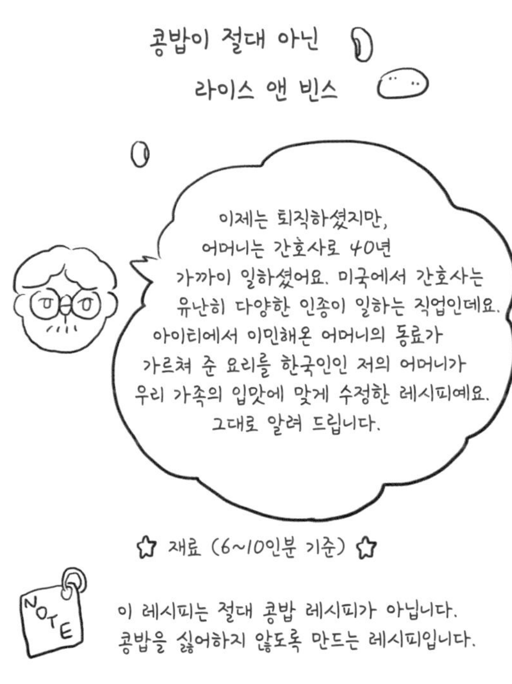

☆ 재료 (6~10인분 기준) ☆

NOTE
이 레시피는 절대 콩밥 레시피가 아닙니다.
콩밥을 싫어하지 않도록 만드는 레시피입니다.

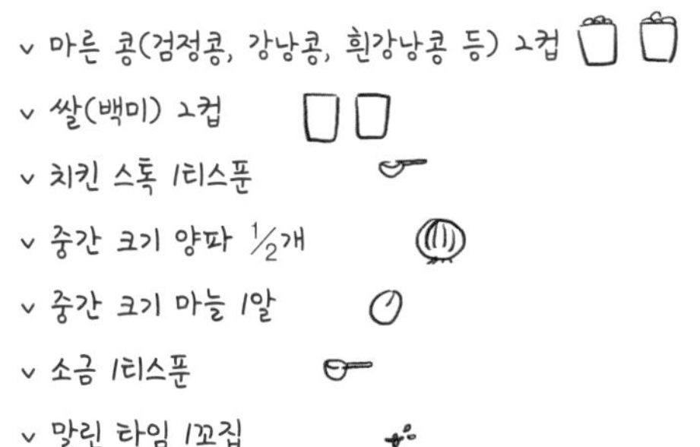

- 마른 콩(검정콩, 강낭콩, 흰강낭콩 등) 2컵
- 쌀(백미) 2컵
- 치킨 스톡 1티스푼
- 중간 크기 양파 ½개
- 중간 크기 마늘 1알
- 소금 1티스푼
- 말린 타임 1꼬집

∨ 후춧가루 1꼬집

∨ 클로브 10알

∨ 청양고추 1개

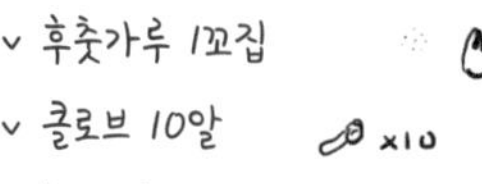

1. 밥하기 하루 전에 콩을 잘 씻고 찬물에 불립니다.
물 높이는 콩 높이의 3배면 됩니다.
냉장고에 넣습니다.

2. 다음 날 건져낸 콩을 씻고, 압력솥에 넣습니다.
찬물은 콩 높이의 2배만큼 붓습니다.

3. 중간~강한 불에 압력솥을 올린 후 압력 추가 돌아가면
약불로 줄이고 15분간 익히다 끕니다. 압력이 빠지길 기다리세요.

4. 압력이 빠지길 기다리는 동안

쌀을 씻어 물 양을 맞추고 밥솥에서 불립니다.

5. 양파와 마늘도 잘게 썰어 둡시다.

6. 중불로 달군 프라이팬에 식용유를 두르고
다져 둔 양파와 마늘, 후추, 타임, 클로브, 월계수 잎,
청양고추를 다 넣고 볶습니다.
양파가 투명해지고 마늘이 향긋해질 때까지 볶아요.

7. 불려 둔 쌀에 콩, 소금, 치킨 스톡, 볶은 재료들을 더하고
살짝 저어서 보통 밥짓기 모드로 밥을 짓습니다.

8. 밥이 다 되면 떡처럼 되지 않도록 잘 저어 주세요.

이 밥과 어울리는 음식이 많습니다.
튀김, 생선구이, 김치, 카레 등.

핫소스를 뿌려 먹어도 맛있습니다.

강황 우유

추억이 담긴 TERMERIC MILK

강황 우유

인도에서 몇 달 간 지내던 때가 있었는데요.

저는 인도에 가면 꼭 물갈이를 합니다.

생수만 사 먹고 다니는데도
피할 수 없는 물갈이….

그때 함께 다니던 인도 친구 군잔이 만들어 준 것이
따뜻한 강황 우유였어요.

마침 심각한 상황은 ^_^ 지나간 상태였기 때문에
뭔지는 모르겠지만 마셔 볼까 하고 컵을 받아 드니

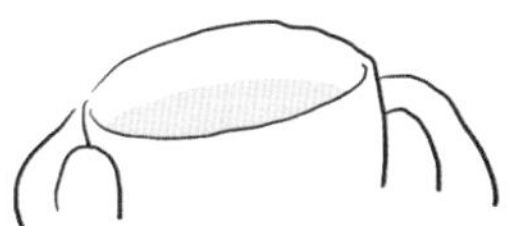

그때, 저는 그 강황 우유를 마시고 나은 걸까요?
효능에 대해서는 잘 모르겠지만
한번씩 생각이 나는, 달콤하고 따뜻한 맛이었던
'군잔네 할머니 강황 우유 레시피'를 알려 드립니다.

☆200ml 한 잔 분량☆

∨ 생강은 국산 생강이 두 배 더 맛있습니다.

∨ '울금 가루'가 아닌 '강황 가루'를 구입하세요.

1. 생강은 껍질을 잘 벗기고

끓였을 때 맛이 잘 우러나오도록 편 썰어요.

세 조각이면 충분합니다!

2.

작은 냄비 바닥에 물을 '깔린' 듯한
느낌으로만 얕게 부은 후 편으로 썬 생강 3조각,
설탕 큰 1스푼, 강황 ½티스푼을 넣고
30초 정도만 끓이세요.

3. 우유 200ml를 넣고
끓이세요.

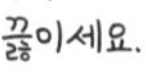

4. 우유는 끓기 시작하면 순식간에 흘러넘치니
눈을 떼지 말고 지켜보고 있다가 끓어오를 때
재빨리 불을 줄여 주어야 합니다.
약불에 30초 정도만 더 끓이다 불을 꺼 주세요.

주 의

5.

생강은 건져서 버리고
우유만 컵에 담아요.

맛있게 드세요!

취향에 따라
생강이나 강황 가루의 양을
더하거나 줄이면
더 입맛에 맞게
만들 수 있어요.

레시피와 관계없는 듯 있는
하소연 (쪼가리) 만화
나무야.
레시피 보냈어.
드디어♪
좋아!
바로 그려 볼까!
….
…?!!
!?!…
…??

믹서기를 끄지 말고 계란과
바닐라를 썩고 천천히 붓는다.
믹서기 속도를 조금
늘리고 썩는다.
믹서기를 끄고 밀가루 믹스를
넣고 제일 느린 속도로 키고
끄고 겨우 썩는다.
??
초코칩을 넣고 또
제일 느린 속도로
겨우 썩는다.
?
열심히
썼어.
최대한 무슨 소린지
알 수 있게
바꿔 보자….
울고
있음

☆ 재료 (1인분 기준) ☆

백김치 종종 다져서 반 공기
(저희 집 백김치는 간이 약해요.
김치가 짜면 양을 줄이세요.)

참기름 1티스푼

깨 1티스푼

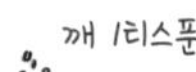

밥 1공기

평소 끼니를 거르거나
배달시켜 먹는 일을 방지하기 위해
게으른 사람용 레시피 개발에
정진하고 있습니다.

1.

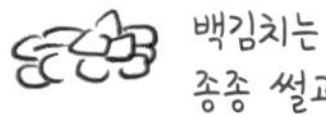

백김치는
종종 썰고

2.

참기름, 깨
1티스푼씩 넣고
휘휘 섞어서

3.

따뜻한 밥 위에
소복히 올리고 드세요.

입맛 없을 때 너무 좋아요.
(+종종 썬 쪽파를 조금 올려 드셔도 맛있어요.)

입맛 없을 때 해 먹기 좋은 간단 요리 ②

- 더우니까 불을 쓰지 않으면 좋겠다.
- 더우니까 더부룩하게 먹으면 기분이 두 배 안 좋으니 포만감이 적은 요리면 좋겠다.
- 고소한 맛이 나는 걸 먹고 싶다.

☆ 재료 (1인분 기준) ☆

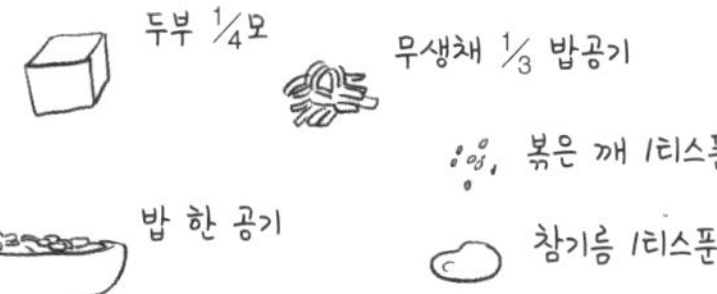

1. 두부 가게에서 '흑임자 두부'를 사고

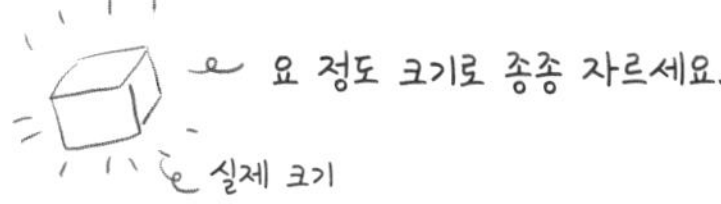

흑임자 두부인 이유는 더 고소해서^^

2.
두부를 밥 위에 듬뿍 올리고

3. 반찬 가게에서 '무생채'를 사서
위에 또 듬뿍 올리고

4. 마지막으로 참기름 휙 두르고
참깨 팍팍 뿌려 주면

에필로그

2021년
여전히 풀밭 위의
우리 가족을
그리고 있다 !!

뻔뻔하고 씩씩하고 관대한

고양이의 마음

1쇄 발행 2021년 9월 16일
2쇄 발행 2021년 11월 17일

지은이 김나무, 마이클 월린(Michael Wolin)
펴낸이 정주안

기획편집 유인경, 이정은
마케팅 양아람
디자인 이연수
경영지원 곽차영, 정지원

펴낸곳
㈜좋은생각사람들
주소 서울시 마포구 월드컵북로22 영준빌딩 2층
이메일 ryui@positive.co.kr
홈페이지 www.positive.co.kr
인스타그램 @positivebook_insta
출판등록 2004년 8월 4일 제2004-000184호

ISBN 979-11-87033-59-2 03810

책값은 뒤표지에 표시되어 있습니다.